Tolstoi
톨스토이 인생론

행복한
삶으로의
여행

나는 후회한다.

나의 청춘을 어둡게 하였다는 것을

현실보다도 공상을 더 좋아했다는 것을

인생에 등을 돌렸다는 것을.

내가 당신보다 더 훌륭한 사람이라고 생각해서는 안 됩니다.
이 작은 책이 당신의 진정한 친구가 되어주었으면 하는 바램만이 있을 뿐입니다.

오랜 세월을 걸어온 사람들은 많은 먼지를 뒤집어 쓰고
때로는 거친 바위나 돌에 걸려 넘어지면서
숱한 갈림길을 맴돌면서 지나왔습니다.

아직도 갈 길은 멀고 저녁 어스름이 내릴 무렵
문득 당신은 자신의 생애가 한낱 꿈이 아니었던가 하는 쓸쓸함을 떠올릴 것입니다.
다만 지금의 자리에 있다는 것은 가시지 않는 피로와 크고 작은 상처가
삶의 훈장처럼 남아있을 뿐입니다.

나는 알고 있습니다.
한때 당신의 젊음은 찬란한 정오의 햇살을 즐기는 꽃밭이고
푸른 나무였다는 것을 말입니다.
어쨌든 이 최초의 첫 장에서 무엇인가
나를 꾸짖을 내용이 있다는 것을 나는 너무나 잘 알고 있습니다.

Tolstoi

차 례

톨스토이 인생론

행복한 삶으로의 여행

삶

삶이란
빈 곳을 채워주는 순리이다.

진정한 삶이란
강물과 같은 모습이다.
그것은 끊임없이 변화한다.
잠시도 쉬지 않고 움직인다.

삶이란
아름다움이며
슬픔이자, 곧 기쁨이다.
나무며, 새며
물 위에 비친 달빛이기도 하다.
한편이서파같은것이다.

삶이란
노동이며, 고통이자
희망인 것이다. 사랑이 충족된 것이
바로 삶의 모습니다.

가장 아름다운 삶의 노래는 새벽에 부르는 노래입니다

이 책이 신앙을 위한 책과 같은 것으로 생각해서는 안 됩니다. 이 책은 내 마음의 밑바닥에 기록된 생활에 대한 인상印象입니다. 또 한편 나 자신과의 싸움에 있어서 내 가슴을 누비는 반성이기도 합니다.

이런 까닭으로 하여 당신에게 얼마간의 평화를 줄 수 있을 것으로 기대합니다. 사실 나는 그런 것을 드리고 싶은 것입니다. 당신은 거기에서 약간의 사랑과 고뇌의 시작을 발견할 수 있을 것입니다.

그리고 당신에게 필요한 또다른 것을 얻을 수도 있을 지도 모릅니다. 어쨌든 당신은 삶의 길을 나보다는 뒤에서 걸어오기 때문입니다.

지금 당신은 확고한 이상理想을 찾을 때입니다. 무엇보다 기쁨을 가지고 당신의 빛나는 삶을 발견하는 일이 우선입니다.

우리의 인생에 있어서 가장 아름다운 삶의 노래는 새벽에 부르는 노래입니다. 언제든지 새벽의 노래는 당신의 삶의 발걸음에 따라 불리워집니다. 삶에 있어서 가장 중요한 것은 마음 속에 환희의 노래를 간직하는 일입니다.

인생의 길은 모두 하나입니다

　인생의 길은 모두 하나입니다. 언제인가 우리는 그 길 위에서 만나게 되는 운명적인 존재입니다. 우리에게는 그 길을 찾는 지혜가 준비되어 있으며, 그 길은 넓고 눈에 잘 보여서 어느 누구도 그 길을 보지 못하고 지나칠 수 없게 되어 있습니다.

　저쪽 그 길 끝에는 신이 우리를 향해 손짓하고 있지만, 그 길을 가지 않고 죽음의 길을 가고 있는 사람들을 본다는 것은 불행입니다. 삶의 길은 너무나 멀고 그 여정은 죽음에 다다르는 통로일 뿐입니다.

　생명이 있는 것은 모두 고통을 두려워합니다. 또한 생명이 있는 것은 죽음을 두려워합니다. 물론 당신 자신도 살아 있는 것들 중에 하나임을 깨달아야 합니다. 그러므로 그들을 괴롭히거나 죽음에 이르게 해서는 안 됩니다. 생명을 갖고 있는 모든 것은 당신이 바라고 있는 똑같은 것을 원하고 있습니다. 생명이 있는 모든 것은 자신의 생명을 소중히 여깁니다. 당신 역시도 살아 있는 모든 것들 중에 하나임을 잊어서는 안 됩니다.

삶의 길을 걷고 있는 것은 나 혼자 뿐입니다

우리들은 계속해서 걷고 있습니다. 그러는 동안 또다른 작은 갈래 길이나 다른 일들을 알게 될 것입니다. 아마도 실패나 폭풍을 만날지도 모릅니다. 때로는 그 길을 먼저 지나간 사람을 생각할는지도 모릅니다. 그러다가 해가 저물고 평화가 없는 저녁이 찾아옵니다.

실망의 절규를 짊어진 의문의 저녁, 누구 하나 나그네의 절규를 들어 주는 사람이 없습니다. 길을 가는 사람이 아무도 없기 때문입니다.

함께 길을 걸어가겠다고 믿었던 사람은 아주 먼 곳에 있습니다. 누구 하나 반가워해주는 주위 사람도 없습니다. 누구 하나 도망갈 장소가 되어주는 마음도 없습니다. 광명도 없고 지평선도 없는 고뇌하는 저녁입니다. 모든 것은 빈사 상태입니다. 짙은 안개, 매연 냄새, 신경쇠약의 바람, 이 귀먹고 눈 멀고 벙어리인 거리에서 대답하여 주는 사람은 아무도 없습니다.

이때 나의 마음과 이성은 맹렬하게 논의하고 있습니다. 모든 것이 무너져 없어지려고 하더라도 자신을 지키지 않으면 안 됩니다. 모든 것이 조용해지더라도 어둠 같은 침묵 속에서 절규하지 않으면 안 됩니다.

삶에는 지름길 따위는 없습니다

인생의 저녁이 찾아오기 전에 우리들의 운명을 이해할 수 없다면 많은 친구와 함께 고통에 접근하였다고 하여도 무슨 소득이 있겠습니까? 저녁이야말로 삶의 배낭 속에 남아 있는 하루의 것을 마음 속으로 얻은 것을 새롭게 셈하여 보는 시간입니다.

저녁 때가 되어서야 비로소 모든 길의 가치와 모든 사람들의 노고를 이해할 수 있는 시간입니다. 또 목적지 까지의 거리를 잴 수도 있습니다.

만일 우리들이 지름길을 통해서 다른 사람들보다 앞서는 일이 있다면, 이러한 지름길의 가치에 대해서 양심의 판정을 받지 않으면 안 될 것입니다. 그리하여 사람들로부터 떨어져 있다고 하면 다른 장소에서 뒤떨어진 자가 앞선다는 것을 생각하지 않으면 안 됩니다.

어쨌든 어떤 일이 있던 간에 저녁 때야말로 여행 가방에는 관용을, 마음 속에는 평화를 간직할 때입니다.

삶의 길은 단 한번뿐입니다

우리의 삶을 기다리며 초조해 하여서는 안 됩니다. 내일은 당신이 생각하고 있는 것보다 빨리 찾아옵니다. 주변의 친구나 자신의 꿈꾸는 희망, 잘못된 삶에 대한 계산 등을 점검해 보십시요. 그러면 이미 살아온 것에 주의가 갈 것입니다. '예!' 하고 대답하여 주는 것은, 오직 추억뿐이라는 것을 깨닫게 될 것입니다.

어느 저녁 날 그렇게도 초조해 하며 기다리던 것이 전혀 아무 소용 없었다는 것을 이해할 수 있을 것입니다.

뛰어가려고 초조해 해서는 안 됩니다. 너무도 빨리 도착하기 때문입니다. 그러므로 도착을 조급히 서둘러서는 안 됩니다. 지금 당신은 당신의 결승점을 무엇이라고 이름지어야 할지 모르실 것입니다. 천천히 길을 살펴보려고도 하지 않고 뜀박질로 살려고 해서는 안 됩니다. 왜냐하면 두번 다시 그 길을 볼 수 없기 때문입니다.

기쁨의 잔을 단숨에 마시려고 해서도 안 됩니다. 내일 또 목이 마를지도 모르기 때문입니다.

삶은 선택입니다

인생에는 수많은 갈림길이 있고 당신의 선택에 따라 운명이 주어집니다. 또한 당신에게는 기회를 찾아볼 수 있는 능력이, 그것을 이용할 수 있는 능력이 있습니다.

당신이 자신의 운명을 선택할 수 있는 능력을 가지고 있다는 것을 깨닫는 일은 매우 중요합니다. 만약 지금의 처지가 불만족스럽다면 그 상황을 바꾸는 것은 당신의 능력입니다.

물론 당신은 자신의 삶을 변화시키는 것을 선택하지 않을 수도 있겠지만, 그렇게 하면 불만족의 생활 영역에서 한 치도 벗어날 수 없습니다. 오로지 삶의 선택은 당신만이 할 수 있는 능력의 지혜이며, 힘입니다.

우리는 순간을 살아가고 있는 존재입니다

미래를 바라보고, 내일을 계획하고 희망을 생각하는 것은 모두 필요한 삶의 절대적인 조건입니다. 우리는 미래만을 위해서 사는 것은 아닙니다. 또한 우리는 순간 속에서 살아가고 있는 것입니다. 현재를 경험하는 순간 속에서 살아가고 있는 유일한 존재입니다.

이러한 순간은 의식적 존재의 부단한 연속 속에서 우리의 삶은 싹이 트고 꽃이 핍니다. 의식적 존재에서는 우리의 현재 뿐만 아니라 과거도 함께 살아있습니다.

또 헤아릴 수 없는 깊이를 가지고 우리는 비록 눈에 보이지는 않지만 미래와 더불어 부단히 움직이고 있습니다. 하지만 우리의 힘으로 헤아릴 수 없는 신비가 존재해 있는 것을 운명이라고 합니다.

때때로 우리 인간은 한 알의 모래, 한 방울의 바닷물, 지나가는 바람과 흡사합니다. 그리하여 내일은 아주 쉽게 먼지가 되고 말 것입니다.

우리의 일상은 삶의 조각이며 그림자입니다

나뭇잎 사이로 속삭이며 내리는 빗소리, 안개가 피어오르는 대지의 향기, 황혼 무렵에 들려오는 고요한 노랫 소리, 파도에 흔들리는 외로운 흰 돛단배, 어둠 속에 오락가락 하는, 보석처럼 반짝거리는 먼 마을의 작은 불빛들, 산중의 호수에서 한 폭의 그림처럼 피어나는 엷은 안개, 깊은 골짜기처럼 텅빈 도시의 일요일 거리….

우리가 잠시 발걸음을 멈추기만 하면 거의 잊어버렸던 지난날의 자기 자신에게로 다시 돌아가게 하는 삶의 한 단면을 발견할 수 있습니다.

이미 오래 전에 잊어버렸던 옛 시詩를 다시 읽게 될 때, 앞날이 붕정만리鵬程萬里 같았던 젊은 날의 한 토막을 마음 속으로 회상한다든가, 또는 인생은 고금동古今同이라는 진리를 조용히 음미해 보는 명상 속에서 우리는 자기 자신에게로 돌아가는 기회를 가지게 됩니다.

그러한 일순간, 우리의 생각이 달라져서 자신의 보잘 것 없는 노력과 다툼과 시기와 질투와 공포가 모두 대수롭지 않게 생각되어지기도 합니다. 이러한 사소한 일은 우리가 현실에 대한 관심에서 생기는 것이며, 우리의 생활 감각 사이에서 찾은 삶의 조각들이며, 그림자입니다.

삶의 순간은 경험이며, 인식이며 진동입니다

우리는 과거를 회상할 때 측정된 시간의 연속으로 느끼는 것이 아니고 여러 순간을 한 단면으로 경험하는 존재입니다. 우리가 타인에 대해서 또 환경에 대해서 느낀 경험의 회상을 과거라고 합니다.

어린 시절을 잠시 회상해 보기 바랍니다. 우리의 마음 속에 남아있는 망각의 세계 속에는 아직도 살아 있는 몇 가지의 희미한 자취가 남아있을 뿐입니다. – 유난히 즐거웠던 순간, 전율하도록 무서웠던 순간, 이상한 사모의 순간, 뚜렷한 경이의 순간, 죄악의 순간, 이러한 순간들이 우리를 깊은 곳에 내재율內在律처럼 남아 있는 것입니다.

우리의 순간은 자아自我가 타아他我에 대해서 느끼는 경험이며, 인식이며 진동입니다.

시간은 인생의 동반자입니다

인생과 시간은 하나입니다. 우리는 보람있게 살아가고 있기 때문에 시간에 대한 공포와 괴로움을 느끼지 못하는 것입니다. 또 한편으로 우리는 흐르는 세월에서 눈을 가리기 위해 별별 방법을 다 생각해 냅니다. 보통의 방법은 생활과 일정한 거리와 기간을 갖는 일입니다. 그래서 우리들과 시간 사이엔 기간이 있게 마련입니다. 그러나 우리는 처음부터 또다시 시작해야 됩니다. 왜냐하면 시간이란 여러 날을 앞질러서 가는 법이 없기 때문입니다. 그것은 변함 없는 진리와 같은 것입니다.

시계의 시간은 영원합니다. 시계는 일초, 이초 시간을 아로새겨서 열두 시가 지나면 다시 또 일초부터 시작합니다. 이리하여 그 출발은 끝이 없습니다. 그러므로 우리가 잃어버리는 것은 시간이 아니고 바로 우리의 인생이며 삶입니다.

잃어버린 시간을 회복할 때 삶은 풍요롭습니다

우리가 가만히 있으면 마치 시간은 우리 곁을 지나가는 것처럼 끊임없이 흘러갑니다. 광음光陰이 유수같다고 말합니다. 그러나 결코 그런 것은 아닙니다. 그 말의 진정한 뜻은 시간이 우리의 곁을 지나갔으면 좋겠다는 뜻이 포함되어 있기 때문입니다.

시간이 우리 곁을 지나가는 것이 아니라, 사실은 시간의 흐름 속에 우리가 지나가는 것입니다.

봄이 오면, 봄이 언제까지나 우리와 더불어 머물러 있기를 바라고, 여름이 되면 여름이 가시지 않고 우리와 같이 있기를 원합니다. 그러나 적어도 겨울은 그렇지 않은 것 같습니다.

우리가 이 필연성에서 벗어날 길이 없는 이상 지혜로운 길은 오직 하나밖에 없습니다. 그것은 우리의 시간을 회복하는 일입니다. 할 수 있는 데까지 우리의 시간을 삶으로써 가치를 드러내는 일입니다.

먼저 미래를 위해서 살고, 그 다음에 과거 속에 살며 아직, 떠나지도 않은 인생 항로를 위해 오랫동안 준비한다면, 우리는 우리의 시간을 잃어버리지 않게 됩니다.

시간의 끝에 당신의 삶과 나의 삶이 매달려 있습니다

우리는 자신의 삶을 위해 많은 시간을 요구하고 있습니다. 그렇기 때문에 흘러가는 청춘의 시간을 잠깐 동안이라도 연장시키고 싶어 합니다. 노쇠의 빛이 다가오는 것을 잠시나마 멈추게 하고 싶은 것입니다. 자신의 인생이 끝나기 전 몇 해만이라도 더 삶을 연장하고 싶은 것입니다.

그러나 따지고 보면, 이미 소모된 건강과 정력 속에서 몇 해만이라도 더 살았으면 하는 길지도 않은 생명의 연장을 애타게 생각하고 있을 뿐입니다.

몇 해가 아니라, 몇 세기를 산다고 하여도 과연, 우리는 행복한 삶을 살고 있다고 믿으시겠습니까. 아니면 의학의 발달로 하여 인간의 수명이 몇 번 더 연장되고 청년기가 몇 백 년 계속되고 이어 수백 년을 더 살 수 있다고 한다면 그 긴 인생을 사는 동안 우리는 무엇을 할 수 있겠습니까?

우리의 이상과 관심, 오락과 사업, 부귀와 명예, 희망과 공포에 대해서 그 새로운 시간은 무엇을 의미한다고 말할 수 있겠습니까?

우리는 그 시간을 죽(kill)일 수가 없습니다. 시간을 보낸다는 것은 중요한 문제가 아닙니다. 미래가 영원하게 보일 때라도 우리는 미래만을 위해서 살 수 없습니다. 미래가 그토록 길게 연장되므로 소위 시간을 무의미하게 낭비한다는 것은 오히려 짧은 생의 종말보다 더 괴로운 일이 될 것입니다.

이렇듯 견디기 힘든 권태에서 피할 수 있는 길은 오직 한 가지 방법밖에 없습니다. 즉 자기 자신으로부터 벗어나는 일입니다.

우리를 구제하는 유일한 방법은 망아忘我의 경지에 이르는 길입니다. 존재의 세계와 하나가 되는 것입니다. 우리의 생명을 존재의 일부로 삼는 것입니다. 우리의 맥박이 존재의 맥박과 혼연일체가 되게 하는 것입니다.

그렇게 함으로써 우리는 현재와 더불어 살게 되는 것입니다. 그러나 우리가 진실된 삶을 영위할 수 있는 유일한 시간은 다만 현재라는 것을 인정하는 점에서 부분적으로는 옳다고 보아야 할 것입니다.

이 짧은 생존의 시간을 헛되이 채우려고 하지 않고 도피하려고 하는 것만 제외시킬 수 있다면, 우리는 가장 행복하고 가장 자기다운 삶을 산다고 말할 수 있을 것입니다.

인생은 짧은 축제의 전야에 불과합니다

아침에 일어나면서부터 이미 지쳐 있는 사람들, 무거운 하품처럼 하루의 일을 시작하려고 하는 사람들, 주저하는 마음으로 하루의 일을 시작해 보려고 하는 사람들을 격려해야 합니다.

직업을 구하기 위해 문을 두드리고 다니는 사람들, 어디에서 먹고 어디에서 자야 할지 모르는 사람들, 저녁 때가 되어도 그의 집에 누구 하나 기다리는 사람이 없는 사람에게 힘을 주는 말을 전해 주어야 합니다.

열려지지 않는 문, 긴 시간을 서서 기다리는 것, 그 장소를 피하고 싶은 약속, 무자비한 거절, 굴욕적인 항의, 비수같은 대답, 옳지 못한 질책, 매사에 부끄러움을 느끼고 있는 사람들에게 용기를 주는 말을 해야 합니다.

비밀을 지닌 침묵하는 사람들, 늘 머리를 숙인 사람들, 초조한 사람들, 운명을 떠들고 있는 사람들에게 위로의 말을 합시다.

어쨌든 우리들의 생애는 짧은 축제의 전야에 불과합니다.

마음을 비우면 자신을 풍요롭게 할 수 있습니다

어느 날 당신의 길을 열고, 당신의 행선지로 인도하는 부富를 휴대하고 행운은 당신을 찾아올 것입니다. 거기에서 당신은 인간의 나약함을 발견하고 양심의 비열감을 깨달을 수 있게 될 것입니다.

온갖 잡다한 불법이 손짓하고 방탕한 친구들이 늘어붙고 사기꾼들로부터 유혹당하고 쓸데 없는 일로 시간을 낭비하게 될 것입니다.

그때 당신의 영혼 주위에는 건조한 사막이 펼쳐질 것입니다. 당신은 당신의 부富 앞에서 점점 더 고독한 자신을 발견할 것입니다.

물이 차면 둑의 안전을 위해 수문水門을 열어 놓듯 마음을 비어 놓아야 합니다. 그러면 새로운 것들이 당신의 마음을 채울 것입니다.

인생은 멀고 긴 항해입니다

인생은 멀고 긴 항해입니다. 항해를 하는 동안 당신은 갖가지 체험과 난관에 부딪칠 것입니다. 밝고 즐거운 나날에 몸과 마음을 맡겨 두었는가 하면 폭풍의 밤에 신음할 것입니다.

때로는 고독한 해안을 지났는가 하면 바다에 갇혀 있는 섬들을 지나는 일도 있을 것입니다. 그리고 하늘의 목소리를 찾으면서 암초에 올라선다든지 파도가 소용돌이치는 곳에서 조난당하는 일도 있을 것입니다.

아니면 당신은 우정과 동정의 갈림길에서 방황하기도 할 것입니다. 그런가 하면 당신은 자신의 마음 속에서 불타고 있는 불길을 이해하게 될 것입니다. 고통과 질병의 항구에 몸을 맡기지 않으면 안 될 때가 올지도 모릅니다.

칠흑같은 밤에 무서운 폭풍우가 지나가고 몇 천 갈래로 찢어진 돛과 쓸모없이 되어버린 배가 닻을 내리려고 한다면, 그때 희망의 깃발을 마스트 위해 높이 올리십시오. 빨리 밝아오는 여명을 위하여.

인생은 미래를 열어가는 존재입니다

모든 인간은 자신들이 더 향상된 삶을 살 수 있는데도 때로는 잘못된 생활을 하고 있다는 것을 잘 알면서도, 오히려 그것을 삶의 한 방편으로 삼고 있습니다.

때때로 우리 인간은 아주 작고 사소한 것처럼 보이는 일들로 하여 자기 인생을 휴지 조각처럼 버리는 경우도 있습니다. 별로 중요하지 않은 결점들이 방해를 해서 큰 인물이 되지 못하는 사람도 있습니다.

또 어떤 사람은 성실성이 부족하기 때문에 훌륭한 재능을 드러내지 못하고 있습니다. 성급한 판단, 마무리를 허술하게 하는 일, 함부로 말하는 것과 같은 사소한 결점은 조금만 주의를 기울이면 금방 극복할 수 있는 것들입니다.

우리의 인생은 끊임없이 상처 받고 치유하면서 살아갈 때 밝은 미래가 열리는 존재입니다.

삶의 밝음과 어둠은 같습니다

인생의 저녁이 찾아오기 전에 우리들의 운명을 이해할 수 없다면, 그 많은 삶이 차려준 고통이란 음식을 어떻게 맛볼 수 있겠습니까?

저녁이야말로 배낭 속에 남아 있는 것과 일상 속에서 마음으로 얻은 것들을 계산해 보는 시간입니다.

저녁 때가 되면 비로소 모든 길(여정)의 가치와 생활에 지친 사람들의 노고를 이해할 수 있을 것입니다. 그리하여 다시 날이 밝으면 목적지까지의 거리를 계산해 볼 수 있습니다.

어쨌든 어떤 일이 있던 간에 저녁 때야 말로 여행 가방에는 관용을, 마음 속에는 평화를 간직할 때입니다.

이제 어둠이 내리고 불빛이 꺼지면 당신은 잠시나마 일상으로부터 용서를 받을 것입니다.

긍정은 자기 희생으로 되돌아가는 삶의 흐름입니다

인간은 너무나 많은 것을 요구하고, 그릇된 투쟁을 일삼고, 권력의 기술을 교묘하게 연구하고, 더욱 큰 야심을 미친 듯이 추구하지만, 결국은 스스로 실패를 준비할 따름입니다. 이것이 모두 허망한 기대와 그릇된 계산에서 생기는 삶의 오산입니다.

인간의 욕망은 값비싼 물건과 소유, 지위와 권력이 자신이 원하는 만족을 줄 것이라고 생각합니다. 하지만 그 모든 것을 얻고 보면 무모한 욕심만 더욱 커질 뿐입니다.

남이 나보다 월등하다거나 또 내가 가지지 못한 여러 가지 재능을 다른 사람이 가지고 있거나 응당 내가 받으리라고 생각한 지위나 명예를 다른 사람이 받을 때, 우리는 분노하고 질투합니다. 그러나 그것은 잠시 물 위에 비치는 그림자와 같은 것임을 깨달았을 때 비로소 마음의 평정을 얻을 수 있습니다.

우리는 되풀이되는 기적과 같은 존재입니다

우리는 자신만의 시간과 공간 속에서 살고 있지만, 각 개개인의 사상과 감정은 인류에게 반향反響을 불러일으키고 있습니다. 그것은 과거에도 그랬고 앞으로도 그럴 것입니다.

인류는 자신들의 지도자, 선구자, 계몽자로 인정하는 인물의 경우, 그 영향은 절대적이고 강력한 힘을 갖고 있습니다. 그러므로 아무리 보잘 것 없는 사람이라 해도 그의 사상이 영향을 주지 않는 경우는 없습니다.

진정한 사상과 신념의 표명은 누군가에게 또는 무언가에 반드시 도움을 주는 교훈이 있습니다. 설사 그것이 사람들에게 알려지지 않은 채 묻혀지거나 권력자에 의해 거부당하더라도 누군가에 일단 전해진 말은, 모든 운동과 마찬가지로 여러 가지 형태로 모습이 바뀔지라도 결코 인류 앞에 소멸되지 않습니다.

그러므로 인간의 가슴 속에서 나오는 훌륭한 말과 사상은 모범이 되는 행위와 마찬가지로 우리의 삶에 유익합니다.

인간의 마음은 늘 예사롭지 않는 것을 쫓고 있습니다

주는 것 만큼 받는 것, 그것이 바로 인생의 법칙이며 삶의 질서입니다. 당신은 지금 자신이 하고 있는 모든 행동을 통해 언제인가 수확하게 되는 댓가의 씨앗을 뿌리고 있습니다.

한편으로는 다른 사람들과 지속적인 관계를 유지하면서 서로의 생각을 이해하고 교류할 수 있습니다. 당신은 다행스럽게도 자신의 행동을 통제할 수 있고 감정의 흐름을 억제할 수도 있습니다.

우리가 아름다운 삶을 살아가기 위해서는 다른 사람을 존중하는 마음으로 만나야 합니다. 당신이 다른 사람들에게 쏟는 애정에 비례하여 다른 사람들도 당신에게 사랑을 기울이기 때문입니다. 그래야 비로소 우정에 꽃이 필 수 있고, 사랑의 씨앗이 살아있게 됩니다.

인생은 위대한 좌절입니다

우리의 인생은 위대한 좌절입니다. 좀처럼 미래의 꿈은 이루어지지 않습니다. 설사 자신의 꿈이 실현되었다고 하더라도 의기양양하기에는 아직 이릅니다. 왜냐하면 성공에는 가지가지 불안의 빛깔과 공포가 그림자처럼 장막을 드리우기 때문입니다.

그 성공의 텃밭에 용감한 희망과 찬란한 꿈이 피어나지만 불안의 무거운 짐이 더욱 커지면서 우리의 인생은 내리막이 됩니다.

그때 우리의 인생에는 실패가 따르게 마련입니다. 그러나 이 말은 정확한 것이 못됩니다. 우리 인생의 실패는 생활 상태에서 비롯된 것이 아니고, 삶의 지혜의 부족에서 오는 결과입니다.

우리가 사소한 일로 번민할 때, 대수롭지 않은 일을 가지고 분노할 때, 이웃 사람보다 나아지려고 안간힘을 쓸 때, 돈을 제대로 쓸 줄도 모르면서 재물을 탐내어 서로 싸울 때, 권력을 모르면서 권력에 욕심을 부릴 때, 아무런 목적도 이루지 못하면서 밤낮으로 동분서주할 때 우리는 생활의 비애를 맛보면서 또다른 기적을 기다리는 불안한 존재가 바로 우리의 인생입니다.

인생의 꿈은 괴로워하는 자의 안식입니다

우리가 추구하는 목표는 너무나 높습니다. 그 목표는 도달할 수 없을 만큼 높습니다. 마침내 뜻을 이루지 못하면 곧 실망하는 것이 인간의 모습입니다.

이때 인간은 깊은 허무의 벽에 부딪히게 됩니다. 나약한 우리는 도피하려고 하고 망각하려고 합니다. 그러나 자기 자신으로부터 달아나려고 선택한 길은 감각만을 자극시킬 뿐입니다.

하지만 이러한 자극은 되풀이되는 속성을 가지고 있습니다. 잠시 동안은 해방되어 허망한 만족감을 느끼고 망각의 시간을 가지지만, 그 다음에는 더 쓸쓸해지고 허무감에 새로운 불안감을 갖게 됩니다.

그렇게 되면 한가한 마음은 어디로인가 사라져 버리고 그와 비례하여 자극에서 공허감으로, 공허감에서 불안으로, 불안에서 다시 새로운 자극으로 변하게 됩니다. 무슨 물건처럼 그대로 머물러 있을 수가 없습니다. 끝내 당신은 조용히 찾아오는 밤잠의 즐거움 속에 평화스럽게 안길 수도 없습니다.

인간이 소유하려는 재산이란 꿈의 조각들입니다

　우리 인간은 자신의 삶을 즐길 수 있는 여러 가지 능력을 가지고 있음에도 불구하고 인생을 즐길 줄 모릅니다. 때때로 타인이 즐기는 것을 방해하고, 타인을 정복하기 위해서 불필요한 규칙을 만들고, 타인에게 기회를 거부하고, 여러가지 수단을 독점하기에 동분서주합니다. 그런 사람은 늘 야심에 사로잡혀 있으므로 자신의 인생에 부여된 향락의 참뜻을 알지 못합니다.

　그는 불필요한 것을 너무 많이 알고 있기 때문에 여러 가지 궤도 속에서 자리를 잡지 못하고 시행착오를 합니다. 또한 우리 인간은 자연을 지배하는 길이 너무 많으므로 자연 속에서 편안히 안식을 취하지 못하는 불안한 존재입니다.

자기 완성을 위해서는 좁은 길을 걸어야 합니다

바른 삶으로 인도하는 길은 좁고, 그곳으로 향하는 사람은 매우 적습니다. 왜냐 하면 대부분의 사람들은 모두 넓고 편한 길로 가기 때문입니다. 진정한 길은 거칠고 좁아서 한 사람 밖에 들어갈 수 없습니다. 거기에 들어가려면 많은 군중과 함께 걸어갈 것이 아니라, 부처나 공자, 소크라테스, 그리스도 같은 고독한 사람의 뒤를 따라야 합니다. 그들이야말로 자기 자신을 위해, 또 우리 모두를 위해 똑같이 좁은 길을 개척한 사람들입니다.

어디에 가 닿겠다고 노력하면 그만큼 불행해집니다

복잡한 세상 속에서 삶의 완성을 바라는 것은 불가능한 일입니다. 그렇다고 끊임없이 고독의 그늘에 묻혀 살면서 이것을 바라는 것은 더욱 어렵습니다. 삶의 완성을 위한 가장 좋은 방법은 고독 속에서 자신의 확고한 세계관을 세우고 세상의 흐름에 따라 살면서 이를 실천하는 일입니다.

박수 갈채를 보내는 군중 앞에서 매일 승리를 얻는 것처럼 좋은 일은 없습니다. 그러나 가끔 패배를 맛본 후에야 인간다운 인간이 된다는 것을 잊어서는 안 됩니다.

우리는 인생의 별을 신뢰하는 동반자입니다

인생이란 자기 자신이 할 수 있는 삶의 방법과 천명天命을 찾아 추구하고 언덕과 지평선을 발견하고 산의 정상을 정복하는 것입니다. 한 사람 한 사람 자기 삶의 짐을지고 전진하는 것입니다.

각각 그 길을 구하고 자기가 일하여 얻은 빵을 맛보는 것입니다. 그럼에도 불구하고 다 같이 똑같은 하늘을 우러러보면서 말입니다.

당신보다 앞에 걸어간 사람의 발자취를 다시 밟아서는 안 됩니다. 왜냐 하면 그 사람이 어딜 가고 싶어했는지, 어딜 갔는지 당신을 알지 못하기 때문입니다. 그러나 한 번 그 친구들과 함께 로오프에 묶여서 등반을 시작했다면 다같이 고난과 위험을 겪었을 것입니다. 정복이란 것도 그들과 함께 알았을 것입니다.

우리 인생이 똑같은 본성에 연결되어 있다는 것을 당신에게 알리기 위해서는 하나의 생각, 하나의 눈짓, 하나의 침묵으로 충분합니다. 그렇기 때문에 나는 당신과 함께 걸어가고 있는 삶의 동반자입니다.

인간은 외딴 섬처럼 존재할 수 없습니다

등에 진 배낭 속에 한 다발의 선의善意, 두 다발의 낙관樂觀, 한 줌의 규율과 그 네 배의 인내, 그리고 두 알의 원기 왕성함과 한 주먹의 자애심과 빈정거림을 가득 넣고 당신의 길을 걸어가십시오.

현명하게 삶의 길을 걸으면서 그 모든 것을 적당히 사용하시기 바랍니다. 그러나 빈정거림은 불의의 재난을 추방하기 위해서 준비하시기 바랍니다.

어떤 날씨가 계속되더라도 걸음을 멈춰서는 안 됩니다. 과일은 태양과 폭우, 바람을 맞으며 열매를 맺기 때문입니다. 만일 길 위에서 누군가를 만나면 그의 마음을 보지 않고, 그의 발소리만 듣고 그를 비판해서는 안됩니다. 왜냐 하면 당신의 마음만 피로해지기 때문입니다.

만일 하나의 영혼이 당신을 손짓할 것 같으면, 당신은 그 이름이나 그 고통을 물어서는 안됩니다. 그 상처를 어루만져주는 것만으로 만족해야 합니다.

당신이 알고 있는 일체의 것을 당신의 배낭 속에 집어넣고 소리 높여 노래하면서 가든 길을 걸어가십시오. 길은 멀고 황혼이 다가올 무렵 당신은 자신의 생애가 꿈이 아니었던가 생각하게 될 것입니다.

인생은 위대한 좌절입니다

인간은 미래를 예견하는 창조적 동물입니다. 그러나 인간의 예견에는 그것을 가리는 그림자가 있습니다. 어떤 사람은 그 그림자를 분명히 인식합니다.

또다른 어떤 사람에게는 계절의 변화나 그 자취를 보고 세월이 흘러가는 것을 느낄 때, 이 그림자는 불안 속에 몽롱하게 떠오릅니다. 어떤 위안을 구하건, 어떤 정신적 원천을 갈망하건, 어떤 도락에 빠져 소일하건, 이 그림자를 완전히 몰아낼 수는 없습니다.

이 그림자는, 즉 청춘이 사정없이 흘러가서 결국은 노쇠 끝에 죽고만다는 느낌을 가져다 줍니다.

이러한 생각이 우리의 마음을 사정없이 사로잡을 때 인생 행로는 언제나 내리막에서 아침 해가 깊은 골짜기로 떨어지는 것 같은 절망을 갖게 됩니다.

가난으로 위안을 받는 삶은 행복합니다

삶에 지친 피로한 사람들을 만납니다. 오후에는 더 많은 사람들을 만나게 됩니다. 그런데 아침부터 피로한 사람들도 있습니다. 많은 사람들은 하루 종일 피로한 다리를 이끌고 있습니다.

이와 같이 인간은 매일 노고를 되풀이하면서 행진하고 있습니다. 살아간다는 것은 수고의 연속일 뿐만 아니라 어떤 놀람도 즐거움도 없이 흘러가 버리는 것입니다.

어제는 오늘과 똑같은 사슬의 바퀴에 불과합니다. 그리하여 사람들은 피로에 지쳐 겨우 겨우 행진해 가고 있습니다. 확실히 너무나 많은 노동은 감당하기 어려운 삶의 무게입니다.

힘에 겨운 일에는 기쁨이 없습니다. 또한 너무나 큰 노고는 사람을 불행한 마음으로 몰아갑니다.

이럴 때 주위 사람들을 관찰하는 것은 또다른 자기를 발견하는 가장 좋은 방법입니다. 부자나 유력자有力者를 좇아가지 않는 것이 좋다는 것은 많은 환멸을 피할 수 있습니다. 오히려 작게 알려진 사람들에게 접근합시다. 그들은 우리에게 힘과 빛을 부여해 줄 것입니다.

삶을 완성하는 밤

죽음보다 더 요란했던 그날이

침묵처럼 고요해지고

벙어리가 된 거리의 벽 위에

밤의 어둠이 그물을 내리는 시간

하루의 보상이 찾아오는 꿈을 맞이 하기 위해

나는 정적 속에서

혼자 눈을 뜨고 고민의 장막을 깁는다.

할 일도 없는 무던한 밤

뉘우침의 그림자가 뱀처럼 꿈틀거리고

그 영혼의 빈 집에서 쓸쓸하고 무겁게 짓누르는

부질 없는 공상이 아우성친다.

한편에서는 빛을 잃은 추억이

내 앞에 두꺼운 화첩을 펴고

지난 세월을 덧칠하며 비탄에 잠겨 눈물을 머금는다.

그러나 한번 사로잡은 내 슬픔은 가실 줄을 모른다.

톨스토이 『인생독본』에서

삶이란 기쁨과 괴로움의 나눔입니다

어느 때든지 기쁨이나 괴로움을 자신에게 바칠 수 있는 까닭으로 해서 생명을 사랑하지 않으면 안 됩니다. 그것은 기쁨 때문이라기보다도 괴로움에 더 애착을 가질 것입니다.

기쁨은 수확을 거두면서 지나가지만 고통은 씨를 뿌리면서 지나갑니다. 저녁이 도래했을 때 비로소 불모의 밭 또는 비옥한 그것이 어떤가를 발견할 수가 있는 것입니다.

이제 똑같은 마음을 가지고 기쁨의 나날과 괴로움의 나날을 보냅시다. 생명이란 그것들 상호간의 노래이기 때문입니다. 그것 뿐만 아니라 산다는 것은 어떠한 계절에도 언제나 싸우고 있다는 것을 우리들은 삶을 통해 너무나 잘 알고 있기 때문입니다.

당신은 새벽빛으로 영혼을 씻은 순례자입니다

돌아오지 않는 아침을 탄식해서는 안 됩니다. 그것은 이미 당신에게 미소를 보냈기 때문입니다. 또 대낮을 원망해서도 안 됩니다. 당신은 벌써 그 태양을 즐겼기 때문입니다.

서 있고 싶다는 사람에게 의자를 내밀어서는 안 됩니다. 모든 노래, 모든 노력은 그날의 시간에 따라 판단하는 것입니다. 당신이 언제 어떻게 죄를 범했는지에 대해 생각하지 않고 타인의 죄에 대해서만 엄격해서는 안 됩니다. 우리에게는 잘못한 자, 넘어지는 자를 관용으로 바라보는 따뜻한 눈길이 필요합니다. 저녁에 이르는 것이 무엇을 의미하는지 당신은 이미 알고 있습니다.

저녁의 커다란 하나의 기쁨은 내일에 대한 확신을 주는 행복입니다.

정신은 육체의 고향입니다

우리 인간은 육체와 정신을 자기 자신이라고 생각하고 있습니다. 특히 젊었을 때는 육체에 더 큰 관심을 가집니다. 하지만 중요한 것은 육체가 아니라 정신입니다. 우리가 무엇보다도 배려해야 할 것은 육체가 아니라 정신이라는 것을 염두해 두어야 합니다.

이같은 사고방식을 삶의 중심으로 한 다음, 당신의 생명이 정신 속에 있다는 것을 깨닫고 실천에 옮기면 세상의 모든 불편함을 멀리 하게 되고, 이 지상에서 사명을 다하고 기쁨이 충만한 인생을 보낼 수 있을 것입니다.

삶과의 대화

"삶이란 아룸다움이며 슬픔이자, 곧 기쁨이며 혼란함입니다. 또 삶이란 나무며, 새며, 물 위에 비친 달빛이기도 합니다. 삶이란 일이며 고통이자 희망인 것입니다. 삶이란 죽음이며 미명을 부인하거나 내세를 믿는 것이기도 합니다. 삶이 바로 선이며, 미움이며 시기인 것입니다. 삶이란 야망이자 탐욕이며, 사랑이자, 그것이 충족된 힘이 바로 삶의 모습입니다. 삶이란 창조력이 있는 것이어서 기계를 이용한 능력을 생산하기도 합니다. 삶이란 믿어지지 않는 황홀한 것이며, 투명한 마음이자 사색이고, 고요한 명상을 하는 일입니다. 이렇듯 삶이란 모든 것을 의미합니다. 그렇지만 사사로운 마음과 혼란스러운 마음을 가지고 어떻게 삶의 참다운 모습을 볼 수 있겠습니까? 바로 이 점이 중요한 것이지. 삶이 무엇인가를 설명하는 것은 중요하지 않습니다. 우리의 모든 질문과 그 대답은 바로 이런 삶의 접근에 달려 있다는 점을 명심하시기 바랍니다."

삶의 모습

울퉁불퉁한 회색빛 자갈이 끝없이 깔려 있는 길가에 한낮의 태양이 강렬한 열기를 더 하며 내리쬐고 있었습니다. 하지만 길을 따라 늘어선 망고나무의 푸르른 그늘이 강물처럼 이어져 있어 나그네의 발걸음을 한결 가볍게 해주었습니다.

어느 작은 마을로부터 떠나 온 사람들은 등짐을 지고 있거나 머리에 커다란 바구니를 이고 있었는데, 그 안에는 도시 사람들을 위한 약간의 곡물이나 과일, 채소가 들어 있었습니다.

그 행상의 대다수가 여인들이었으나 신발이 성가시다는 듯 맨발로 열기에 달아 있는 자갈길을 아주 편한 걸음걸이로 걸어가고 있었습니다. 서로들 웃음과 잡담으로 이야기 꽃을 피우다가 웃음을 터뜨릴 때는 검게 그을린 그녀들의 얼굴이 은빛으로 환히 드러나보이기도 했습니다.

또 그녀들 중에는 서로의 가슴을 장미빛으로 꽃 피우고 싶은 젊은 연인들도 끼어 있어 보는 사람들로 하여금 부러움과 선망의 대상이 되기도 하였습니다.

때때로 여인들은 길가에 짐을 내려놓고 잔잔한 그늘을 드리운 망고나무 아래에서 잠시 쉬기도 하였습니다. 그러나 얼마 지나지 않아서 갈

길이 급하다는 듯 다시 머리에 짐을 이고는 발걸음을 재촉했습니다.

그들 가운데 맨나중까지 남은 여인은 거의 땅에 무릎을 꿇고서 바구니를 힘겹게 머리에 이었습니다. 하지만, 그 여인도 멀어져 가는 사람을 따라 황급히 달려갔습니다.

그 뒤로 작열하는 태양과 회색의 자갈길이 고요 속으로 끝없이 뻗어 있을 뿐 아무런 변화도 일어나지 않았습니다.

이러한 삶의 움직임에는 오랜 동안 그녀들의 일상생활 속에 깃들어 있는 특별한 자비로운 분위기가 항상 함께 하고 있음을 우리는 관심을 갖고 유의하지 않으면 안 됩니다.

그러한 움직임은 그녀들에게 선택의 여지가 있어서 스스로 택하게 되었던 것이 절대로 아니라는 사실을 염두에 둘 필요가 있습니다.

사실, 삶의 움직임이란 순수한 필요에 따른 것이라는 일반적인 개념이 있습니다. 그렇다면, 우리는 그러한 움직임에 자신을 몰입시켜 삶이란 무엇인가 하는 문제에 부딪쳐 보기로 합시다.

여인들 중에는 아무리 나이가 많아 보았자 열다섯 살도 채 안 되어 보이는 한 소녀가 일행이 되어 걸음을 재촉하고 있었습니다. 그 소녀 역시 머리에 바구니를 이고 있었는데, 다른 여인들보다도 훨씬 작은 몸집임에도 불구하고 바구니는 그녀들과 똑같았습니다.

그러나 소녀의 얼굴에는 짜증스러움이나 고통의 억눌린 표정은 없었고 오히려 즐거워보이는 삶의 밝음이 소녀를 더욱 신선하게 만들었습니다. 가득 웃음 띤 얼굴로 주위를 신기하다는 듯 살펴보면서 아주 여유로운 모습으로 걸어가고 있었습니다.

다른 여인들처럼 길을 재촉하면서 앞쪽만 보고 걸어가는 것이 아니라 낮게 떠 있는 흰 구름을 바라보기도 하고 해안처럼 빛나는 망고나무 잎사귀에 눈길을 보내다가 누군가와 시선이라도 마주치면 정다운 미소를 보내는 것이었습니다. 고통 속에서도 찾을 수 있는 미소, 그것이 바로 우리의 삶의 진실한 분위기입니다.

그 소녀도 다른 여인들처럼 맨발이었습니다. 그녀 역시 나그네 길을 걸어가는, 멀고 먼 인생의 길을 여행하고 있는 우리의 동반자임이 틀림없습니다.

실존

물고기는 바다 속에서 태어난다.
물고기는 바다 속에서 산다.
물고기는 바다 속에서 죽어 없어진다.
물고기는 바다물 이외에 아무것도 아니다.

하늘에 닿기를 바라는 나무는
땅 속 깊은 데까지 가지 않으면 안 된다.
그 뿌리는 깊게
바로 지옥에까지 닿지 않으면 안 된다.
그래야 비로소 그 나무가지가
그 봉우리가 천국에 닿게 되는 것이다.

존재란 연쇄의 일부입니다

우리의 젊음이 물같이 흘러간다는 것을 알게 될 때 우울한 감정이 더욱 우리를 외롭게 만듭니다. 인생의 종말인 암흑을 향해 시간이 금속성 소리를 내면서 우리의 생명을 사정없이 단축시키고 있다는 생각을 하면 어찌 슬픔이 없겠습니까?

그러나 인생의 길이 햇빛 찬란한 청춘에서부터 노년의 깊은 그늘진 골짜기로 가는 것이 필연적인 생生의 행로라고 생각한다면, 이것은 분명히 잘못입니다. 그럼에도 불구하고 청춘의 빛이나 노쇠의 그늘이 자신의 내부를 찾아 오는 그 암울한 그림자를 보게 될 때 이와같은 생각이 일어나는 것은 당연합니다.

실존의 의미

실존은 가르칠 수 없습니다. 실존은 잠시 비칠 정도입니다. 자기 자신의 있는 모습이 그대로의 삶이어야 합니다. 어떻게 사랑이 미움없이 존재할 수 있겠습니까. 어떻게 자애가 노여움없이 존재할 수 있겠습니까. 어떻게 행복이 불행없이 존재할 수 있겠습니까. 어떻게 삶이 죽음없이 존재할 수 있겠습니까. 어떻게 지옥없이 천국이 존재하기를 바라겠습니까. 그 둘은 서로 채워주는 힘입니다. 그 둘은 함께 존재합니다. 그 둘 사이에서 조화를 이루어 내는 것이 바로 실존입니다.

실존은 하나된 모습입니다

실존이란 있음과 없음, 어려움과 쉬움, 길음과 짧음, 높음과 낮음이 동일한 것을 말합니다.

장미의 꽃과 가시를 살펴보면 그 가시는 꽃과 대립된 것이 아니라는 사실을 깨닫게 될 것입니다. 가시는 오직 꽃을 지켜줄 뿐입니다. 꽃 둘레의 파수꾼입니다. 이렇듯 실존은 하나의 모습입니다.

정말로 아름다운 사람의 내부에는, 참으로 아름다운 사람의 내부에는 어떤 것 하나 거절되는 일이 없습니다. 거절이라는 것은 존재에 거슬리는 일이기 때문입니다. 그러므로 모든 것을 흡수하지 않으면 안 됩니다. 그것이 바로 실존의 모습입니다.

실존이란 자기를 보는 거울과 같습니다

우리는 마치 한 개의 양파와 같은 존재입니다. 그 껍질을 벗겨 내고 안으로 들어가 보면, 벗기면 벗길수록 새로운 층이 나타납니다.

다음 층, 그리고 또 다음의 새로운 층, 그리하여 어느 곳에 이르면 문득 양파 전체가 없어져 버립니다. 속은 텅 비어 있습니다. 그것이 바로 우리의 본성입니다.

나무나 새들은 미래 따위를 고민하지 않습니다. 강물은 그저 게으르게 정말 조용하게 마치 흐르고 있지 않은 것처럼 흘러갑니다. 무엇 하나 서두르고 있는 것이 보이지 않습니다. 그러므로 실존이란 자기를 보는 거울과 같습니다.

실존은 야생이며 숲과 같습니다

나는 누구인가? 자기라는 것은 허구의 개념, 하나의 생각, 머리 속의 작은 거품에 불과합니다. 비누 방울입니다. 그 이상 아무것도 아닙니다. 나란 존재는 이미 당신이 구하고 있는 바로 그것입니다. 그러나 당신들은 그것을 바깥에서 찾고 있습니다. 하지만 그것은 우리의 내부에 있습니다. 그런데 우리는 그것을 먼 다른 데서 찾고 있습니다. 그것은 바로 곁에 있습니다. 실존은 바로 내 앞에 있습니다. 그래서 실존은 야생이며 숲입니다. 아무런 법칙도 없고, 어떤 계획도 없습니다. 무계획, 야생, 그것이 실존의 신비이며 아름다움입니다.

실존이란 거대한 무無입니다

말을 하지 않고 눈을 감고 자기의 내부를 깊이 들여다 보면 자신이
텅 비어 있음을 느낄 것입니다. 이때 두려움을 가져서는 안 됩니다. 두
려워지면 우리는 벽에 기대어 의지하려고 합니다. 그러나 마지막 해답
에서는 그 벽 역시도 비어 있다는 사실을 깨닫게 됩니다. 실존이란 공
간입니다. 공간 – 그 속이 우리가 태어나는 공간이고, 그 속이 우리가
사는 공간이고, 그 속이 우리가 용해되는 공간입니다. 이렇듯 실존이란
거대한 무無입니다.

실존은 죽음, 그 자체입니다

지금 우리의 모습은 꽃이 피지 않은 나무와 같습니다. 거기에 나무꾼이 다가오고 있습니다. 순간 나무는 공포를 느낍니다. '무슨 일이 일어나려고 하는 지도 모르고…' 공포는 죽음에서 오는 것이 아닙니다. 공포는 아직 일어나지 않는 무언가에서 옵니다. 그 나무는 열매를 맺지 못하고 있습니다. 꽃조차 피지 못한 것을 잘 알고 있습니다. 나무는 아직 봄을 모릅니다. 따스한 바람과 춤을 추어본 일이 없기 때문입니다. 나무는 사랑해 본 일이 없습니다. 그 살지 못한 삶이 공포를 낳습니다. 실존은 바로 죽음, 그 자체입니다.

지혜의 등불을 켤 때 삶의 아침이 옵니다

만일 당신이 아침부터 지쳐 있다면 급히 마음 속에 하나의 등불을 켜십시오. 주저하거나 망설여서는 안 됩니다. 또 누군가 당신 대신 등불을 켜 줄 것이라고 기다려서도 안 됩니다. 내일 삶의 추위에 얼어 죽는 일이 없도록 당신의 추운 영혼 속에 하나의 불씨를 놓아두십시오. 불타오를 줄 모르고 위축된 마음만큼 슬픈 것은 없습니다.

열정없이 당신은 아침을 보내고 정오를 맞이한다면 저녁이 되어서도 우리의 삶을 이해했다고는 생각되지 않습니다. 산다는 것은 사랑과 괴로움, 봉사와 희생, 영웅, 천재, 그리고 성인들은 이 등불을 켜 들고 살았습니다. 그리하여 인류는 스스로 자신의 마음에 등불을 밝힌 인물들의 덕택으로 진보한 것입니다.

인생의 사명을 알고 있는 사람은 아름답습니다

삶의 진정한 의미는 자기 속의 불리한 것을 합리적인 것으로 이끌어가는 데 있습니다. 그것을 위해서는 다음의 두 가지가 필요합니다.

첫째, 삶의 불합리를 있는 그대로 바라보고 외면하지 말 것.

둘째, 앞으로 전개될 미래 사회의 합리성에 대해 순수한 이념과 비판을 가질 것.

사회제도의 불합리에서 생길 수밖에 없는 빈곤과 비참함을 생각할 때 그것에 대한 혐오감을 느끼게 되는 반면에 합리적인 생활의 가능성을 확실히 의식할 때, 우리의 삶은 건강하게 발전할 수 있습니다. 그러므로 불합리에서 생기는 병폐를 숨기지 말고 합리적인 생활의 행복을 모든 사람들에게 보여주는 것이 우리가 해야 하는 의무입니다.

자연은 고민이라는 것이 없습니다

인간은 자신의 육체를 위해서 삶을 사는 운명적인 존재입니다. 바꾸어 말하면 어쩔 수 없이 육체와 조화를 이루며 살아가야 합니다.

에피쿠르스는 이렇게 말했습니다.

"만약 당신이 자연의 순리에 순응하여 삶을 산다면, 당신은 결코 가난하지 않습니다. 그러나 세상에서의 습관에 따라 맹복적인 생활을 한다면 결코 행복해지지 않을 것입니다. 왜냐하면 자연은 조금밖에 요구하지 않지만 세상의 풍습은 너무가 많은 것을 요구하기 때문입니다."

생존은 자연의 능력입니다

미래를 바라보고, 내일을 계획하고, 희망을 생각하는 것은 모두 필요한 삶의 절대적인 조건입니다. 우리는 미래만을 위해 사는 것이 아니라, 현재 속에서 목적을 성취하기 위해 삶을 영위하고 있습니다.

또한 우리는 현재를 경험하는 순간 속에서 살아가고 있는 유일한 존재입니다. 이러한 순간은 의식적 존재의 부단한 연속 위해서 싹이 트고 꽃이 핍니다. 이렇듯 의식적 존재에서는 우리의 현재 뿐만 아니라 과거도 함께 살아 있습니다. 또 헤아릴 수 없는 생명의 깊이를 가지고 비록 눈에 보이지는 않지만 미래와 더불어 부단히 움직이고 있는 존재입니다. 우리의 힘으로 해결할 수 없는 신비가 여기에 있는 것입니다.

자연 속에 인간은 첫째 가는 기적입니다

'내 창문 밖에 한 그루의 나무가 서 있는데, 늘 줄기가 안으로만 뻗는다. 나는 겨울과 여름에 이 나무를 바라본다. 겨울엔 회색의 움이 많은 나무가지 끝에서 한결같이 봄을 기다리고 있다. 겨울이 떠나고 나면 그 뒷자리에 움이 저마다 조그만 싹으로 눈 떠 꽃포기가 될 것이다. 그리고 가을이 되면 불그레한 열매로 익을 것이다.

열매마다 나무의 싹이 간직되어 있고, 이 싹에서 또 다시 새 열매가 생겨나고, 새 종자가 새 나무가 탄생될 것입니다. 여러 세대를 두고 이렇게 계속 반복될 것이다.'

이것처럼 평범한 일은 없지만, 또한 이것처럼 놀라운 일도 없습니다. 이 나무가 하는 일처럼 모든 생명은 영원히 되풀이 되는 것입니다. 자연 속에 인간은 첫째 가는 기적입니다.

삶의 역사는 여명의 빛으로 써야 합니다

인생은 일하지 않고 즐기기 위해 존재하는 것이 아닙니다. 우리 인생에게는 끊임없이 투쟁하고 앞을 향해 달려야만 하는 생존의 고뇌가 있습니다.

악에 대한 선의 대결, 불의에 대한 정의의 투쟁, 억압에 대한 자유의 항거, 독재에 대한 용서의 현장이 있습니다. 우리의 인생은 머리와 가슴에 자아의 실현을 위해 여명의 빛을 밝히는 표상의 대상입니다.

그늘에 앉아서 이미 잃어버린 빛을 바라보고, 저녁에 멀리 사라진 아침을 바라보는 것을 배우지 않으면 안 됩니다.

나를 위한 기도문

나는 황폐한 제단 앞에서 흔들리고 있는 작은 등불입니다.

지금 알 수 없는 의문과 그림자에 떨고 있습니다.

어둡기 전에 길을 잃는 것이 아닌가 두려워하고 있습니다.

당신과 같이 괴로워하고 있습니다.

대다수의 사람과 같이 진리를 구하고 있습니다.

길은 멀고 목적지는 아직도 먼 저쪽입니다.

두 다리는 떨리고 몸과 마음은 지쳐 있습니다.

마른 입술은 이제 노래조차 부를 수 없습니다.

배낭 속에는 희망마저 사라지고 말았습니다.

나는 허무하게 주위를 헤매이고 있습니다.

오래 전부터 길에 대해 안내의 말을 걸어주는

친절한 나그네조차 만날 수 없습니다.

목마름을 가셔줄 샘을 발견할 수 없습니다.

그러나 나는 외톨이라고는 느끼지 않습니다.

여기저기 오솔길에서 나와 같은 괴로움을 지닌 많은 형제들이

저녁 노을이 내리고 밤이 다가오는 가운데

안개 속을 헤매였다는 것을 알고 있기 때문입니다.

행복하거나 괴로워하는 자여!
그들이 진리를 구하고 있다는 것을 알고 있습니다.

나는 쾌락 앞에서 타고 있는 작은 등불입니다.
타오를수록 쾌락에의 목마름은 점점 더해 갑니다.
무엇보다도 무서운 열기는 증가하고 있습니다.
"쾌락이여!
너는 시대와 함께 그 이름을 고쳤지만
그 변하지 않는 미소의 매력적인 그늘에서
너의 얼굴을 감출 수가 없구나.
쾌락이여!
네 앞에서 나는 청춘의 향기를 간직했다.
너를 위해서 나는 희망의 불을 밝혔다.
너와 더불어 모든 길을 방황하며 걷고
너에게서 금방 지나가 버리는 도취를 희구하기도 했다.
죄와 잘못을 너로 해서 기르고
네 속에 일체의 희망과 신뢰를 두고,
너의 미친 모습에서 나의 생명을 느끼려고 하였다.
그러나 너는 약속한 행복을 언제까지나 감추고 있다.

숱한 나의 시간 속에서 너는 그 허무한 증거를 보인 것이다.
나는 너에게 기쁨을 구하였지만
발견한 것은 오직 부끄럼뿐이었다는 것을 고백하지 않을 수 없다."
이렇게 하여 등불은 나의 생애의 패배를 비춘 것입니다.

나는 가책 앞에서 타고 있는 작은 등불입니다.
타 갈수록 나의 마음은 피를 흘립니다.
한밤중에 나는 가끔 돌연히 눈을 뜹니다.
말없이 나의 마음은 나를 부르고 그 속삭임은 어둠을 채웁니다.
그리하여 방 속은 지난날 추억의 환영으로 가득 찹니다.
이때 나는 소리치고 싶은 강렬함에 휩싸이게 됩니다.
그런데도 내 음성의 울림이 나를 무섭게 합니다.
그런 까닭으로 나는 어둠 속에서 이름이나 물건을 부르고 있는
나의 마음에 귀를 기울이면서 침묵을 지킵니다.
누가 나를 불 태우고 나의 영혼을 차게 할 수 있겠습니까.
육체는 침대를 덥게 합니다.
상처마다 작열하는 장미로 찔리고 있습니다.
나는 정열의 우상과 가책의 환영,
그리고 장미에 못 박혀 있습니다.

등불이 다 탈 때까지 이렇게

나는 밤을 지새울 것입니다.

그러면서도 나를 때리는 이 가책 때문에,

나를 찢어 놓은 것 같은

이 참회로 해서 일체의 우상을 뚜드려 부수고

아, 신이여!

모든 제단 위에 당신의 이름만을 걸어놓고 싶은 것입니다.

그리하여 오직 부끄러움으로 해서

당신 앞에 엎드려 산산이 부서진 이 마음을 바치고 싶습니다.

실존이란 비어 있으면서도 존재하는 것입니다

어느 마을의 생선가게 주인이 '여기서 싱싱한 생선을 팝니다.' 라고 써 붙였습니다. 그러자 지나가는 행인이 그것을 보고 웃으면서 말하는 것이었습니다.

"싱싱한 생선? 뭐, 어디서는 상한 생선만을 판단 말인가? 싱싱한 생선이라고 쓴 의도가 무엇인지 모르겠군."

가게 주인은 그 사람의 말이 맞다고 생각했습니다. 게다가 '싱싱한'이란 말은 싱싱하지 않다는 말이 아닌가 하는 생각 끝에 '싱싱한'이란 말을 삭제해 버렸습니다.

간판은 이제 '여기서 생선을 팝니다.'로 되었습니다.

다음날 한 노파가 가게에 들려 큰 소리로 읽었습니다.

"여기서 생선을 팝니다? 그렇다면 다른 곳에서도 생선을 팔고 있다는 말입니까?"

그러자 '여기서'라는 글자가 지워졌습니다. 이제 간판은 '생선팝니다'로 되었습니다.

사흘째 되는 날 다른 손님이 들어서며 말했습니다.

"생선 팝니다? 그렇다면, 생선을 공짜로 주는 가게도 있다는 말입니까?"

그래서 '생선'이란 글자마저 지워졌습니다. 간판은 이제 공백이 되었습니다.

지나가는 사람이 물었습니다.

"왜 빈 간판입니까?"

그리하여 간판도 떼내어졌습니다. 이제 남은 것이라고는 아무것도 없었습니다. 한 자 한 자 모두 제거된 것입니다.

결국 남은 것이라고는 무無요, 공空이었습니다.

톨스토이 인생론

행복한 삶으로의 여행

행복

한 마리 작은 파랑나비가
바람 따라 날아온다.
진주 빛깔의 보슬비처럼
반짝거리며 날아온다.
나는 보았다.
이처럼 순간적인 깜박거림으로
행복이 반짝반짝 손짓하며
찾아오는 것을.

행복해지기 위해서는 행복의 가능성을 믿어야 합니다

우리가 자신의 인생에 대해 불만을 느끼는 원인은 어떤 것에도 파괴되지 않는 행복을 누릴 권리가 있고, 또한 그런 행복을 누리기 위해 태어났다는 전혀 근거 없는 착각에 사로잡혀 있다는 것입니다. 우리에게는 어떠한 것과도 비교할 수 없는 다양한 기쁨으로 넘치는 인생의 행복이 주어져 있는데, 왜 인생의 삶은 그토록 짧고, 그 끝이 있어야 하는가 하는 아쉬움과 번뇌 속에 몸부림치기도 합니다.

만약 우리가 사랑을 통해 영혼과 육체 사이를 교류하는 가능성이 주어져 있다고 하는, 인생의 위대한 기쁨을 올바르게 이해하고 판단할 수 있다면, 우리는 더 이상 아무것도 바라지 않을 것입니다. 우리의 인생이 행복해지기 위해서는 행복의 가능성을 믿어야 합니다.

행복해질 수 없는 사람은 어떤 일도 할 수 없습니다

우리의 내부에 있는 영혼의 빛을 밝게 할수록, 우리는 자신이 생각하고 있었던 것보다도 훨씬 더 추하다는 것을 알게 됩니다. 또 우리의 마음에서 쏟아져 나오는 온갖 부끄러운 감정을 느낄 때마다, 어째서 그것이 전에는 보이지 않았을까 하고 놀라움을 감추지 못할 것입니다. 우리는 자신의 내부에 그렇게 추악한 감정이 숨어 있으리라고는 꿈에도 생각한 적이 없었기 때문에 두려운 눈으로 그것을 바라봅니다. 그러나 놀랄 것도 없고 절망할 것도 없습니다. 우리는 전보다 나빠진 것이 아니라, 오히려 그러한 내면의 세계를 발견한 향상된 자신의 모습에 놀랄 뿐입니다.

행복이란 함께 소유할 수 있는 나눔입니다

　어떤 사람은 자신의 행복과 쾌락을 권력 속에서 찾고, 또 어떤 사람은 학문에서, 또 어떤 사람은 이성의 육체를 통해서 향유하려고 합니다. 그러나 진실로 행복에 가까이 다가간 사람들은 행복이란 특정한 일부 사람들만 소유할 수 있는 것이 아니라는 것을 알고 있습니다.

　인간의 참된 행복이란 모든 사람들이 차별이 없고 부러워 할 필요도 없이 다 함께 소유할 수 있는 것이며, 누구나 스스로 잃어버리려 하지 않는 한 잃어버릴 수 없는 것임을 알아야 합니다.

행복은 꿈꾸는 자의 안식처입니다

　행복에 이르는 길은 수 없이 많습니다. 당신은 그 많은 길 가운데 하나를 선택해야 합니다. 만일 그 길이 정당한 길이 아니라면 가지 않는 것이 현명한 선택입니다. 끝없는 욕망에 사로잡힌 사람이나 질투에 눈이 먼 사람의 길은 험난하지만 신념을 가진 사람의 길은 넓고 평탄하며 희망의 꽃들이 피어 있습니다. 그 길이 당신이 찾고 있는 행복입니다.

사랑을 준비하는 기다림이 행복입니다

　행복이 우리가 원하는 최상의 것이라면, 그것은 직접적인 추구의 대상이 될 수 없습니다. 왜냐하면 우리는 쾌락만을 찾아서 행동하기 때문입니다. 그러나 행복만을 추구한 결과 쾌락 대신에 비애를 만나는 경우도 있을 것입니다. 그러므로 행복만을 추구할 수 없는 것이 삶의 방정식입니다. 만일 우리가 행복을 발견한 경우라면 다른 목적을 추구함으로써 비로소 행복을 만나게 되는 것입니다.

　만일 어떤 행복이 당신을 기다리고 있다면, 당신은 또 다른 대상을 반드시 갈망하게 됩니다. 우리 인간은 행복을 가지기 위해 노력하고, 또 그것을 얻기 위해 인내하는 것이므로 오히려, 우리는 행복을 잊음으로써 행복을 얻을 수 있다는 현명한 대답을 찾을 수 있습니다.

행복을 사색하는 사람은 아름답습니다

의심할 여지없이 행복의 조건은 바로 건강한 노동입니다. 그 첫째는 자기가 좋아하는 자유로운 노동이며, 두 번째는 식욕을 돋우고 깊고 조용한 잠을 자게 해주는 육체 노동입니다.

또한 육체 노동은 모든 사람의 의무이자 행복입니다. 이 세상에 번뇌가 없는 낙원과 같은 생활이나 우리가 동경해 마지 않는 호화로운 생활이 매력적인 것은 틀림없지만, 양쪽 모두 어리석고 부자연스러운 것임을 부인할 수 없습니다.

왜냐하면 쾌락만 있는 곳에는 결코 진정한 행복은 있을 수 없기 때문입니다. 어쩌다가 일하는 틈틈이 찾아오는 짧은 휴식만이 진정으로 즐겁고 행복한 감정을 가져다줄 것입니다.

기쁨은 행복의 그림자입니다

남을 위해 큰 도움을 줄 기회는 그리 많지 않습니다. 그러나 누군가에 작은 기쁨을 주는 일이라면 언제든지 가능합니다. 비록 그것이 정이 담긴 짧은 인사에 불과할지라도 그것만으로 고독하고 무미건조한 생활을 따스한 햇살처럼 밝고 명랑하게 만들 수 있습니다. 이것이 행복의 그림자입니다.

가지고 싶은 기쁨, 거기에 행복한 삶의 길이 열립니다

우리의 일상생활에는 기쁨이 절대적으로 필요합니다. 우리의 정신은 물론 육체적으로도 건강과 활력을 유지해 나가기 위해서는 기쁨이 필요합니다. 그러므로 작은 일을 통해서라도 기쁨을 갖기 위해서는 성실한 노력이 필요합니다.

하지만 당신이 현명하다면 영속적인 기쁨은 언제라도 얻을 수 있으며, 결코 부정할 수 없는 참된 기쁨을 찾아야 합니다. 자책이나 후회가 따르지 않는 기쁨을 찾아야 합니다. 그러나 이 세상의 기쁨에는 우리의 선택과는 관계없이 자책과 후회의 감정이 따르게 마련입니다.

그러므로 기쁨만을 추구해서는 안 됩니다. 올바르게 삶을 살면 기쁨은 기적처럼 찾아오는 신기루와 같은 것입니다. 이 세상에서 가장 단순하고 비용이 들지 않는 필요에 따른 기쁨이 최상의 행복입니다.

작은 기쁨을 위하여

기뻐하라.
나의 어두운 마음이여
네가 끊임없이 짓눌렀던
그 고통에서 벗어났다.
내 위에 무덤처럼 덮여 있던
고통의 시간은 이미 끝났다.

오늘은 세상이 밝은 빛으로 아름답다.
마치 새로 태어난 것처럼.
너는 이 넓고 푸른 초원의 언덕에서
이미 많은 괴로움을 벗었다.

이슬이 풀잎에서 빛으로 반짝인다.
찬란한 아침 햇살을 받고
저 투명하게 푸른 하늘에는
융프라우의 흰 눈이 선명하다.
모든 가지에서 새들이 즐겁게

아름다운 날개를 흔들고 있다.
계절의 마지막 검은 까마귀는
저쪽 마을로 날아가서 돌아오지 않는다.

이제 잠시만 인내하라.
더 이상 괴로워해서는 안 된다.
찬란한 여름의 환희가
봄의 광풍을 몰아내고 달려온다.

* 지은이 : 칼 힐티(1833~1909 스위스 작가)

행복은 마음의 창에 비치는 빛의 모습입니다

불행에서 벗어날 수 있는 한 가지의 약속은 행복의 눈빛으로 세상을 바라보는 일입니다. 모든 일에 스스로 만족하면서 삶을 살아가는 사람도 있지만, 언제나 슬픔의 강에 자신의 몸을 던지는 불행한 사람도 있습니다. 슬픔으로 자신의 몸을 적시는 사람은 결코 행복할 수 없습니다.

당신의 마음 속에 행복이 깃들어 있다면 세상은 온통 환한 빛으로 빛날 것입니다. 그 빛을 따라가면 늘 행복의 길을 걸어갈 수 있습니다. 행복이란 눈으로 보는 것이 아니라 마음으로 느끼는 소중한 빛과 같은 감정입니다.

행복은 죽음 위에 피는 꽃과 같습니다

밤에 사막을 걷는 것은 느린 배를 타고 가는 항해와도 같습니다. 바다의 물결도 사막보다 더 푸르지 못합니다. 사막은 하늘보다도 넓고 밝습니다. 별 하나가 하나가 유난히 아름답게 보이던 그러한 밤을 알고 있습니다.

'내 영혼이여, 모래 위에서 무엇을 보았는가!'

자신의 마음에 아주 작은 슬픔을 기르는 즐거움, 나는 갈망합니다. 우리들에게는 삶이, 행복이 죽음 위에 피는 꽃과 같기를.

행복은 준비된 삶의 꽃입니다

저녁 무렵 우리들은 자기 자신에게 만족한 시간을 맞이하고 있을 것입니다. 농부가 노고를 같이한 쟁기와 삽을 놓고 조용한 만족감을 느끼며 자기의 노동을 말해주는 밭을 바라다 보았을 때의 기쁨보다 더 큰 행복은 없을 것입니다.

만일 약간의 회한도 없고 주위 사람에 대해서 아주 작은 악행도 행하지 않았음을 확신하고, 무엇인가의 새로운 선善을 시작하고 또는 실행하여 완성하였다고 믿는다면, 내일의 희망과 계획을 준비하면서 행복이란 샘물을 마시면서 자신의 생명을 바칠 수 있을 것입니다.

행복하게 되기 위해서는 그 어떤 것도 필요하지 않습니다

　행복해질 이유가 없다고 생각한 순간부터 내 마음 속에 행복이 깃들기 시작하였습니다. 그렇습니다. 행복하게 되기 위해서는 아무 것도 필요로 하지 않는다는 것을 확신한 다음부터였습니다.

　이기주의에 곡괭이를 한 번 내리찍어 보십시오. 그러면 바로 나의 심장에서 걷잡을 수 없는 희열이 쏟아져서 모든 사람들에게 나누어 줄 수 있을 것 같은 감동을 갖습니다. 이때 비로소 나는 가장 훌륭한 인생의 가르침은 실의를 저지하는데 있다는 교훈을 확신하게 되었습니다.

행복은 신성한 현상입니다

그날 나를 기쁘게 하여준 것은 사랑과 비슷한 그 무엇이었습니다. 하지만 사랑은 아니었습니다. 많은 사람들이 이야기하고 찾는 그러한 다정함도 아니었습니다. 아름답고 황홀한 감정도 아니었습니다. 그것은 여자로부터 오는 것도 아니었습니다. 그저 빛의 반짝임이었다고 말한다면, 당신은 나의 마음을 이해하여 주겠습니까?

나는 정원에 앉아 있지만, 태양은 보이지 않았습니다. 그러나 하늘의 푸른빛이 엷은 물방울이 되어 금방 흘러내릴 듯 대기가 아늑한 빛으로 반짝였습니다. 이끼 위에 물방울 같은 불꽃이 보였습니다.

그렇습니다. 길 위에 행복이 흐르고 있었습니다. 그 행복의 흐름 속에 금빛 거품들이 나무가지 끝에 알알이 맺히기 시작했습니다.

사소한 동정과 위안은 행복에 대한 갈증입니다

　가능한 신뢰와 안락과 기쁨을 가지고 산다는 것은 미래의 나에게 없어서는 안 될 행복의 요소이며 욕구가 되었습니다. 타인의 행복을 가지고 나 자신의 행복을 이루려는 헛된 노력을 얼마나 더 계속해야 하는 것일까요. 사소한 동정과 작은 위안으로 느껴야 하는 행복은 갈증과 같은 것입니다. 그러나 그 행복마저 해칠 수 있는 상황이 나에게는 증오해야 할 대상으로 여겨졌습니다. 그것은 다음과 같은 것들이었습니다.

　수줍음, 낙담, 몰이해, 험구, 꾸며낸 과장된 불행, 비현실적인 것에 대한 동경, 당파, 계급, 국민, 종족간의 반목, 자기 자신을 타인으로부터 적이 되게 하는 것, 불화, 긴장, 위협, 거절 등등입니다.

기쁨은 행복을 표시하는 회상의 방법입니다

이미 오래 전부터 나에게는 기쁨이 비애보다 더 자주 찾아들어서 힘은 들었으나 아름답게 여겨졌습니다.

이 세상에서 인간이 향유할 수 있는 가장 아름다운 것을 발견한 다음부터 기쁨은 나에게 자연의 욕구일 뿐만 아니라 도덕적인 의무까지 향상되었습니다.

나에게는 그와 같은 관습이 행복을 넓히는 최상의 방법이며 동시에 스스로가 그 행복의 모습을 표현해야 하는 것 같이 생각되었습니다. 그래서 나는 늘 행복하게 되려고 결심했습니다.

삶을 등불로 삼을 때 인간은 행복합니다

숨을 쉰다는 것은 살아 있다는 증거로 대신할 수 있습니다. 나의 정신과 육체는 창조하고 건설하기 위해 일을 할 뿐입니다. 그러나 나는 내가 사용할 재료를 시험해 보지 않고서는 그 어떤 것도 구성해 볼 수 없는 불안한 존재입니다.

유학자적인 관념, 주의 등등 하나 하나를 세심하게 확인하지 않고서는 나의 정신은 그 어떤 것도 받아들일 수 없습니다. 또한 나는 소리가 맑은 음성이 가장 공허한 말이라는 사실을 잘 알고 있습니다. 그래서 큰 소리 잘 치는 사람, 덕행가, 사도를 불신합니다.

한편으로는 그들의 말을 곰곰이 생각해 보기도 합니다. 나는 당신의 덕행 속에 숨어 있는 교만을, 애국심 속에 숨어 있는 이해관계, 당신의 애정 속에 숨어 있는 육체의 욕망과 이기주의를 알아보고 싶습니다. 아닙니다. 진실만을 사랑하였으므로 삶의 작은 등불이 별이라고 인정하지 않더라도 나의 하늘은 결코 어두워지지 않을 것입니다.

인생의 마지막 길 위를 달려간 사람은 행복합니다

나는 흘러간 유쾌한 시간을 회상하고 있습니다. 돌바닥을 디디던 맨발로 발코니에 젖은 난간에 이마를 기대어 보노라면 달빛을 받은 육체는 벅찬 감정에 무르익은 과일처럼 빛나고 있습니다.

기다림! 그 시간은 우리를 지치고 시들게 합니다.

지나치게 익어버린 열매들! 심한 목마름과 피로, 타는 듯한 갈증을 더 이상 참을 수 없게 되었을 때, 나는 작은 열매를 깨물었습니다.

물크러지는 열매들! 우리의 입 안을 무료와 같은 짐짐한 맛으로 채워주고 한순간 넋까지 어지럽혔습니다.

– 아직 젊었을 무렵의 무화과여! 싱싱한 살갗을 깨물어 사랑의 향기가 풍기는 과즙을 더 이상 기다리지 않고 빨아들입니다. 그리고 난 다음, 우리들이 괴로운 인생의 마지막 날을 끝마치게 될 그길 위로 달려간 사람들은 행복할 것입니다.

행복은 무지개의 정원입니다

짙은 향기를 풍기며 밝은 빨강색으로 온통 칠해 놓은 듯한 장미 꽃밭이 녹색의 철문 바로 안쪽에 자리잡고 있습니다.

그 꽃밭 위로 왕벌들이 날아다니고 있었고, 적당히 넓은 정원에는 마타골드 나무와 강낭콩 넝쿨이 꽃을 피운 채 어울려 있었습니다. 저 멀리 강이 내려다보이는 아름다운 정원이었습니다.

이제 막 저녁 노을에 물든 강물은 온통 황금 빛깔을 띠고 곤돌라와 같이 생긴 작은 어선들이 강 표면 위에 검은 그림자처럼 가볍게 떠 있었습니다.

강둑 반대 쪽에 위치한 마을의 집들이 한 마장 가량의 면적에 옹기종기 모여 있어 한 폭의 그림과 같았습니다. 강 건너로부터 마을 사람들의 말소리가 저녁 바람을 타고 들려왔습니다.

정문에서 집 창문 밖으로 아주 작은 길이 나 있었는데, 그 길은 마을에서 도심지로 뻗은 신작로에까지 닿아 있어서 마을 사람들이 나들이할 때나 귀가할 때는 으레히 이 지름길을 이용했습니다. 그런데 이 길은 강물로 흘러들어가는 시냇물의 작은 둑에서 끝나고 있었습니다.

아마도 이 지점에서 옛날 마을 사람들은 시냇물을 건널 요량으로 대나무로 된 다리를 놓았을 것입니다. 그러나 지금은 나룻배가 닿는 선착장 구실을 하는 넓다란 널빤지가 놓여 있어 하루 일을 끝낸 사람들이 조용히 뱃길을 건너고 있었습니다.

두 사람의 나룻배 사공이 나그네를 강 건너로 건네주고 있는 동안 나머지 마을 사람들은 쌀쌀해진 저녁 바람을 피하기라도 하려는 듯 옹기종기 모여 앉아 하루의 이야기 속에 차례를 기다리고 있었습니다.

저녁 어스름과 함께 옷깃을 스며드는 찬 바람을 못 이기겠다는 듯 누군가가 모닥불을 피웠습니다. 곧 작은 불빛이 어둠을 살랐습니다.

그때 나이어린 소녀가 모닥불을 지피는 장작을 바구니에 담아 가지고 왔습니다. 아마도 소녀는 뱃사공의 딸인가 싶습니다. 소녀는 나룻배가 다시 강을 건너 오는 동안 장작더미를 나르고 있었는데 몹시 힘겨워 보였습니다. 장작 바구니를 소녀의 혼자 힘으로 머리에 이기에는 너무나 컸던 것입니다.

누군가가 소녀를 도와 그녀의 작은 머리에 나무 바구니를 얹어주자 소녀는 온 세상을 다 얻기라도 한 듯이 얼굴 가득히 미소를 머금는 것이었습니다. 그러자 배에 탔던 마을 사람들이 차례 차례 조심스럽게 선창가를 내려와서 강둑의 작은 길을 따라 큰 길로 접어들자 떠들기 시작하였습니다.

이 곳 강안을 끼고 넓게 펼쳐진 평야는 오랜 세월을 거쳐오는 동안 모래와 질 좋은 토양분으로 퇴적된 아주 비옥한 땅이었습니다.

평탄하고 잘 경작된 토지 주변에는 드문드문 오랜 나무숲들이 구름더미처럼 몰려 있었고, 드넓은 평원이 저 멀리 강끝까지 펼쳐져 있었습니다.

하얀 꽃이 가득히 피어 달콤한 내음을 풍기는 콩밭은 꿈처럼 아름다움을 주는 아주 인상적인 풍경이었습니다. 나즈막한 언덕에서, 물론 낮은 산입니다만, 마을을 내려다보면 들판 한쪽으로 끝없는 강물이 구비구비 흘러가고 있었고, 언제부터 트인 길어지는 몰라도 큰 길을 따라 작은 사잇길이 들판의 밭과 숲 사이로 아련히 뻗어 있었습니다.

그 작은 길은 아주 오랜 옛날부터 인간의 꿈과 소망이 들꽃처럼 피어 있는 생명의 길이었습니다. 이 길을 걸어본 사람들의 설레이는 기분을 설명이라도 하듯 많은 순례자들이 오랜 세월을 걸쳐서 성지를 찾아가는 순례의 길이기도 했습니다.

그래서 길가의 이곳 저곳에는 조그마한 사원들이 세월처럼 자리잡고 있었고, 수명을 다한 듯한 망고나무들이 짙은 숲그늘을 드리운 채 길 주변에서 여행자들을 맞고 또 보내고 있었습니다. 그러나 지금은 황홀한 노을이 그 황금의 나래로 망고나무를 감싸고 있을 따름입니다.

그런 길을 따라 작은 오솔길로 접어들면 대나무숲이 오랜 세월을 지내온 듯 저마다 퇴색한 빛깔로 우루루 몰려 있었습니다. 바람소리가 대나무 숲속에 가득했습니다.

그런 곳 한 옆에 장난삼아 서 있는 듯 싶은 한 그루 사과나무에 어미 염소가 묶여 있었고, 바로 그 곁에는 새끼 염소 한 마리가 노을빛과 함께 뒹굴고 있었습니다. 아름다운 저녁 한때가 머물고 있는 잔잔한 풍경이었습니다.

오솔길은 다시 큰 길로 이어져 있었고, 길 옆 망고나무 숲밑에서는 샘물이 전설처럼 솟아나고 있었습니다. 그런 숲 속엔 숨쉬지 않는 침묵이 감돌고 있었고, 대지 위의 만물까지도 축복이 내려오고 있음을 알기라도 한 듯 고요와 평화스러움이 깃들어 있었습니다.

이러한 것들은 평화란 말로써 표현되고 기억될 수 있는 영원한 아름다움의 추억만이 아니라 전체적인 마음의 움직임이 부재不在일 때 찾아오는 평화인 것입니다. 그 자리에는 단지 측량할 수 없는 행복만이 있을 뿐입니다.

톨스토이 인생론

행복한 삶으로의 여행

사랑

사랑에는 두 얼굴이 있다.
굶주림과 만족
당신은 굶주림을 미움으로 착각하고 있는 것이다.
사실 미움 같은 것은 현존해 있는 것이 아니라
오히려 사랑을 더욱 강하게 만들 뿐이다.
왜냐하면 사랑은 미움을 흡수할 수 있기 때문이다.
만일, 어떤 사람을 사랑한다면
어느 순간에는 미움도 있을 수 있다.
그러나 그것이 사랑을 파괴한 일은 없다.
도리어 그것은 사랑에 풍요로움을 가져다준다.

마치 낮과 밤처럼
굶주림과 만족
여름과 겨울
삶과 죽음
사랑은 그렇게 해야 한다.

고뇌를 위로할 때 사랑을 발견합니다

이 세상의 삶은 눈물의 골짜기도 아니고 시련이 장소도 아닙니다. 사실 이 세상은 우리가 상상할 수 없을 정도로 멋진 낙원이기도 합니다. 이 세상을 살아가는 기쁨은, 인생은 기쁨을 향유하기 위해 존재하는 것이라고 믿을 때 행복을 발견합니다. 만약 그 기쁨이 끝났다면, 어디에 자기의 잘못이 있었는지를 반성해 보아야 합니다.

하루하루 더 나은 인간이 되려고 노력하는 삶보다 더 아름다운 인생은 없습니다. 실제로 자기 자신이 더 나은 인간으로 성숙되어가고 있다는 것을 느끼는 기쁨은 최상의 보람입니다. 그것이 바로 우리 인간이 오늘날까지 끊임없이 경험해 온 기쁨이며, 진정한 행복임을 말해 주고 있습니다.

사랑을 믿으면 사랑으로 배반 당하는 일은 없습니다

사랑은 사랑을 위해서 있는 것입니다. 이제 당신은 사랑을 향해 미소 짓고 있습니다. 당신은 이미 오래 전부터 멀리 있는 다른 사람의 마음에 신비스럽게 외치는 것 같이 사랑을 간직하고 있습니다. 어쩌면 꿈 속까지 일지도 모릅니다.

당신의 투명한 몸 속에는 티끌 하나 없는 원시의 경악이 머물러 있습니다. 어떻게 해서든지 그 놀라움을 언제까지나 잃어버리지 말고 간직해야 합니다. 놀랄 수 있다는 것은 행복하다는 하나의 증거입니다. 당신의 입술에는 마치 꿈 속에서 본 것처럼 미소가 실려 있습니다. 미소를 짓는다는 것은 주위에 기쁨을 주는 일입니다.

이와 같이 당신의 영혼은 어떤 때는 몸에, 어떤 때는 입술 위에서 부드럽게 떨리고 있습니다. 그리하여 무엇인가를 바라볼 때도 미소를 지을 때에도 그 영혼은 사랑을 이야기하고 있는 것입니다. 당신이 마음 속에 깊이 간직하고 있는 사랑에 대한 약속은, 사랑을 믿는 당신은 결코 사랑으로 배반당하는 일은 없을 것입니다.

사랑은 심한 목마름입니다

사랑은 당신을 위해서 존재하는 것입니다.

지금 당신은 사랑을 향하여 미소 짓고 있습니다.

당신은 이미 오래 전부터 멀리 있는 다른 사람의 마음에까지

신비스럽게 외치는 사랑을 간직하고 있습니다.

어쩌면 꿈 속에까지도

당신의 투명한 몸 속에는 어느 소녀의 티끌 하나 없는

울림이 머물러 있습니다.

어떻게 해서든지 당신은 그 울림을

잃어버리지 말고 간직하여야 합니다.

그 울림을 간직하고 있다는 것은 행복하다는 하나의 증거입니다.

당신의 입술에는 마치 꿈 속에서 본 것처럼 미소가 실려있습니다.

그것을 언제까지나 잃지 않도록 하십시오.

미소를 짓는다는 것은 주위에 기쁨을 주는 일입니다.

사랑은 준비되어 있는 인생의 텃밭입니다

당신은 이 지상에 머무르는 동안 삶의 메마른 텃밭에 사랑의 씨 뿌리기에 열중해야 할 도덕적 책임이 있습니다. 그 뿌려진 씨가 모두 싹이 튼다고 단정할 수는 없습니다. 하지만 사랑의 씨가 모래밭이나 자갈땅에 떨어져서 실패한다는 법도 없습니다. 왜냐하면 세상은 사랑을 매우 필요로 하고 있으며, 우리 인간이 사랑을 평가하는 것에는 변함이 없을 것이기 때문입니다.

사랑의 씨를 뿌리는 방법을 하루 하루 터득해 가는 것이 최선의 길이라고 봅니다. 그러므로 시험삼아 당신의 마음에 사랑의 씨를 뿌리고 그것을 선량함의 물줄기로 가꾸어 보시기 바랍니다. 그것이 자라 사랑의 꽃이 필 때 당신의 삶도 풍요로워집니다.

사랑에는 지름길이 없습니다

　사랑에서 가장 감사해야 할 점은 상대도 사랑으로 응해준다는 것입니다. 사랑하기 시작한 순간에 당신에게 찾아오는 것은 신성한 충격입니다. 왜냐하면 사랑이란 진실을 뜻하기 때문입니다.

　사랑에 지름길 따위는 없습니다. 또 사랑은 누군가에 양도될 수도 없습니다. 사랑은 훔칠 수도 빌릴 수도 없습니다. 돈이나 보석으로 살 수도 없습니다. 빼앗을 수도 없습니다. 구걸할 수도 없습니다. 어떠한 방법도 없습니다. 당신이 사랑을 소유하려고 하지 않는 한 당신은 사랑을 가질 수 있습니다.

사랑은 신성한 현상입니다

혼자일 때 당신은 외로움을 느낍니다. 사랑하는 사람과 함께 있으면 어김없이 긴장감이 생겨납니다. 그래서 당신은 혼자서 살 수가 없습니다. 사랑은 심한 목마름, 깊은 굶주림을 갖고 있습니다. 그렇기 때문에 당신은 혼자 있을 수가 없고 가만히 있을 수가 없습니다. 사랑은 당신과 함께 되기를 원합니다. 그러나 함께 된 그 순간부터 그것은 불행으로 바뀝니다. 남녀의 사랑은 불행을 낳는 시작이며 끝입니다.

사랑에는 두 얼굴이 있습니다

사랑은 굶주림과 만족, 당신은 사랑을 굶주림과 미움으로 착각하고 있는 것입니다. 사실 미움같은 것은 현존해 있는 것이 아니라, 오히려 사랑을 더욱 강하게 만들 뿐입니다. 왜냐하면 사랑은 미움을 흡수할 수 있기 때문입니다. 만일, 어떤 사람을 사랑한다면, 어느 순간에는 미움도 있을 수 있습니다. 그러나 그것이 사랑을 파괴한 일은 없습니다. 도리어 그것은 사랑에 풍요로움을 가져다 줍니다. 마치 낮과 밤처럼 굶주림과 만족, 여름과 죽음, 삶과 죽음, 사랑은 그렇게 해야 합니다.

사랑은 운명의 동반자입니다

사랑은 운명이 내 곁에 놓아준 반려자伴侶者입니다. 지금도 당신은 사랑을 위해서 불타고 있습니다. 당신은 사랑이라는 이름으로 길이라는 길을 함께 걸어가고 있습니다.

계절은 돌고 가을이 왔습니다. 그래도 당신은 그 봄날과 같이 사랑에 미소 짓고 있습니다. 때때로 당신은 엉망진창이 된 길이나 나쁜 일은 생각하지 않고 아름답게 개인 날들 만을 기억하려고 애쓰고 있습니다. 그리하여 당신의 생애는 행복과 함께 살아온 사랑의 길이라는 것을 가르쳐 주었습니다.

당신은 사랑의 반려자입니다. 슬픔이 닥쳐왔을 당신은 기다리고 있는 위안의 말을 하며 진주 빛깔의 소나기처럼 적셔주었습니다. 이렇듯 당신은 실현된 사랑의 꿈이었습니다.

더없이 삶으로 지칠 때도 있었습니다. 그래도 당신은 그 슬픔을 말하지 않고 걸음걸이를 더욱 가깝게 하려고 고통이나 슬픔까지 짊어졌습니다. 그 넓고 넓은 마음을 가지고 고통스런 시간에 웃음을 준 당신은 내가 머무르는 곳, 사랑이었습니다.

사랑의 정원에 핀 꽃은 우정입니다

당신의 우정을 늦은 저녁까지 간직하도록 마음의 문을 열어놓으십시오. 저녁 때야말로 우정을 보다 깊이 맛보는 무렵이기 때문입니다. 우정은 인간에게 주어진 기쁨 가운데 가장 큰 기쁨의 하나입니다.

대개 우정은 씨 뿌려진 곳에 꽃을 피게 합니다. 그런 까닭에 우정을 발견하기 위해서는 가까운 사람에게 진실한 마음을 보내는 것이 가장 좋은 방법이라는 것을 이해하시기 바랍니다.

당신 가까이에 있는 외로운 영혼에게 당신의 우정을 바치십시오. 그렇게만 한다면 선택을 잘못하는 일은 없습니다. 하나의 말, 하나의 몸짓에 의해서 씨 뿌리는 것을 주저해서는 안 됩니다. 거리와 침묵의 시간을 거쳐 몇 년 뒤에도 이 씨는 꽃을 피우고 열매를 맺을 것입니다.

삶이 저녁이 찾아왔을 때 사랑의 정원에 핀 꽃이 우정이라는 것을 알게 될 것입니다.

사랑은 천성입니다

사랑은 우리의 내부에 있습니다. 사랑은 우리의 고유한 천성입니다. 인간에게 사랑을 만들어 내라고 요구하는 것은 잘못입니다. 문제는 어떻게 사랑을 만들어 내는가가 아니라, 왜 그것을 나타낼 수 없는가, 어떻게 찾아낼까 하는 데 있습니다.

방해물이 없으면 사랑은 자연스럽게 그 모습을 드러낼 것입니다. 그것을 설득하거나 인도할 필요가 없습니다. 만일 그릇된 문화와 타락되고 유해한 전통이 방해하고 있지만 않다면, 모든 인간은 사랑으로 가득 찰 것입니다. 어떠한 것도 사랑을 억누를 수 없으며 사랑을 도피시킬 수 없기 때문입니다. 사랑은 우리의 천성입니다.

사랑은 깊은 집중의 시간입니다

그렇습니다. 입술 위에 떠오르는 모든 웃음에 부딪칠 때마다 입을 맞추고 싶었습니다. 뺨 위에 번지는 홍조를 볼 때마다, 눈 속에 고이는 눈물을 볼 때마다, 나는 그것을 마시고 싶었습니다. 나에게로 기울여주는 나뭇가지의 달콤한 열매를 깨물고 싶었습니다.

어느 낯선 길 위의 작은 주막에 이를 때마다 심한 굶주림이 나를 맞아주었습니다. 샘물은 나의 갈증을 기다리고 있었습니다. 걷고 싶은 욕망, 거기에서 길이 열리고, 쉬고 싶은 욕망 거기에서 그늘이 부르며, 깊은 물가에 서면 헤엄치고 싶은 욕망, 침대 곁으로 다가가면 자고 싶은 사랑의 욕망, 내 앞에서 모든 욕망이 무지개처럼 찬연하고 사랑의 옷을 입고 아롱지어 빛나기를 갈망합니다.

'사랑은 깊은 집중의 시간입니다.'

사랑은 삶의 향기로 존재합니다

사랑은 인간의 내부에 깃들어 있습니다. 그것은 밖에서 구해지는 것이 아닙니다. 또 시장에 가서 살 수 있는 일용품도 아닙니다. 사랑은 삶의 향기로써만 존재합니다. 모든 사람의 내부에 있는 삶이 바로 사랑입니다.

사랑은 추구하는 것, 사랑을 얻으려고 하는 것은 표면에 나타나는 행위가 아닙니다. 그것은 어딘가에 가서 강압적으로 끌어내오는 것과 같은 맹쾌한 행위도 아닙니다. 우리가 어느 곳이건 간에 깊음이라는 영역으로 들어갈 수 있는 곳, 거기서 '성스러운 것'을 발견하게 될 것입니다. 사랑의 중심으로 깊이 들어가면 신을 찾을 수 있을 것입니다.

불행한 삶은 사랑이 머물 자리가 없습니다

인생에 있어서 가장 훌륭하고 아름다운 것이 무엇인지는 알 수는 있지만, 그것을 정의하고 묘사하기란 쉬운 일이 아닙니다.

인간의 불행은 삶의 역사가 시작된 이후 진실하게 표현하고 아름다운 향기가 되기를 염원한 사랑을, 또 우리의 내부에서 행동에까지 실현해야 했던 사랑을 무의미하게 말로만 표현하고 지내온 덧없는 시간의 흐름에 있었음을 깨달아야 합니다.

위대한 사랑의 말은 우주 창조와 함께 오랜 동안 전래되어 왔습니다. 또 헤아릴 수 없이 많은 사랑의 노래가 불리워졌고 신에게 바치는 경건한 음악이 사원과 교회 등에서 지금도 끊임없이 울려 퍼지고 있습니다.

사랑의 이름으로 행해지지 않는 것이 어디에 있습니까? 그러나 불행한 인간의 삶에는 사랑이 머물 자리가 없습니다.

종교의 남용은 사랑의 흐름을 멈추게 합니다

인간의 언어를 깊이 탐구해 보면 사랑이란 단어만큼 진실이 결여된 가식적인 것은 없습니다. 지금도 모든 종교는 그와 같은 사랑을 반복하고 있습니다. 우리 주위에서 볼 수 있는 사랑이란 세습적인 불행처럼 인간의 삶 안에서 사랑의 문을 닫아버리는 데만 급급하였습니다.

인간들만이 느낄 수 있는 사랑의 흐름은 우리들 곁에서 모습을 확연하게 드러내지 않습니다. 그러한 불분명함을 자신의 탓으로 돌리며 삶 속에 사랑의 흐름이 없는 것은 우리들이 망쳐 놓았기 때문이라고 말하고 있습니다.

또 한편 사랑의 흐름을 정지시킨 원인을 마음의 탓으로 돌리며 사랑을 오염시켜 왔다고 절규하고 있습니다. 사실 이 세상의 신의 창조물 중에는 무엇 하나 잘못된 것이 없습니다. 오직 인간이 변질시킨 사실을 모른다는데 그 원인이 있습니다.

이와 같은 잘못이 이해되지 않고 고쳐지지 않는다면 현재나 미래에도 인간의 삶에 사랑이 나타날 가능성은 없습니다.

성은 사랑의 열매입니다

우리의 인생을 관찰해 보면 삶에는 한 조각의 사랑도 존재하지 않고 있음을 엿볼 수 있습니다. 만일 그토록 많은 사람들이 사랑을 주고 받고 있다면, 사랑의 물결은 이 지구상에 넘쳐 있을 것이며, 꽃과 향기로 가득 찬 사랑의 정원이 도처에 있을 것입니다.

집집마다 사랑의 등불이 빛난다면 얼마나 밝은 사랑의 따뜻함이 충만되어 있겠습니까? 그러나 불행하게도 우리는 온 세상에 퍼져 있는 증오의 분위기를 느낄 뿐입니다. 이와 같은 불행한 상태에서는 사랑의 빛은 한 줄기로 찾아낼 수 없습니다.

사랑이 도처에 있다고 믿는 것은 다만, 있는 체하는 따름입니다. 탐구는 시작조차 할 수 없습니다. 자연스럽게 성을 솔직히 받아들이지 않는다면 인간은 존재할 수 없습니다.

성이라고 하는 원초적인 에너지는 그 안에 신의 모습을 반영하고 있습니다. 그것은 새로운 생명을 만들어 내는 에너지이며, 모든 것 중에서 가장 위대하고 신비로운 힘입니다. 성은 사랑의 열매입니다.

젊음은 결혼을 통해서 하늘의 문을 열 수 있습니다

어느 날 사랑의 이름에 의해서 당신들의 운명에 봄이 오겠지요. 그것은 결혼일지도 모릅니다. 그리하여 녹아날 정도로 투명한 이 아름다운 시기에 쓰여지는 말은 기적과 같은 힘을 가지고 있습니다.

그것은 모든 시간 중에서도 하늘 빛깔이 깃드는 시간입니다. 눈 깜짝할 사이에 하늘에서 내려왔는가 하면, 어느새 별과 같이 높은 곳으로 되돌아가는 시간입니다. 당신의 빛나는 아침을 위해 모든 종鍾들은 기쁨을 전합니다. 이 시간의 추억이 꺼져가지 않도록 그것을 마음 속에 깊이 새겨놓지 않으면 안됩니다. 만일 우리의 생명이 사막과 같이 무미건조하게 되었을 때 금金과 같은 오아시스에서 영혼은 그 근거지를 발견하겠지요.

신의 축복을 받으면서 새롭게 열리는 결론이라는 아침의 개선문을 지나가십시오. 두려움 같은 것은 없습니다. 당신의 모든 것이 기다리고 있습니다.

결혼은 두 마음과 하나의 돛, 그것을 가지고 끝없는 바다를 항해하는 것입니다. 그러나 키는 두 사람 중의 하나가 잡지 않으면 안 됩니다.

아낌 없이 주는 사랑

아주 옛날 하늘을 향해 많은 가지를 높이 뻗은 자태가 우람한 고목나무가 있었습니다. 그 나무가 꽃을 피울 무렵이면 온갖 모양과 빛깔, 크기를 달리한 나비들이 나무 주위에서 춤을 추었습니다.

꽃이 피고 열매가 맺으면 먼 곳에서까지 새들이 찾아와 그 숲속에서 노래를 부르곤 했습니다. 그럴 때마다 팔을 뻗은 나뭇가지들은 그늘 아래서 쉬고 있는 모두를 축복해 주었습니다.

그런데 한 작은 소년이 늘 나무 밑에 와서 놀곤 했습니다. 그 큰 나무는 소년에 대해 차츰 애정을 쌓아갔습니다.

만일 큰 것이 자신이 크다는 사실을 느끼지 않는다면, 큰 것과 작은 것 사이의 사랑에는 변함이 없습니다. 나무는 자신이 크다는 것을 알지 못합니다. 오직 인간만이 크다는 것을 알고 있을 뿐입니다.

크다는 사실을 안다는 것은 항상 에고(ego : 자아)를 갖고 있음을 뜻하는 것입니다. 그러나 사랑은 크지도 작지도 않습니다. 사랑은 가까이 다가오는 사람이라면 누구라도 받아들이려는 진실이 있습니다.

그리하여 나무는 언제나 자기 곁에 와서 즐겨 노는 이 작은 소년을 더욱 더 사랑하게 되었습니다. 가지는 높았으나 소년이 꽃을 꺾고 열매를 딸 수 있도록 허리를 굽히고 머리를 숙여 주었습니다.

사랑은 언제나 머리를 숙일 준비가 되어 있었습니다. 그러나 '에고'는 머리를 숙일 준비가 전혀 되어 있지 않는 교만함이 있습니다. 당신이 에고에게 다가가면 그 가지는 더욱 높게 뻗을 것입니다.

장난꾸러기 소년이 가까이 오면 나무는 가지를 굽혀 주었습니다. 나무는 소년이 꽃을 꺾을 때면 매우 기뻤습니다. 자신의 존재가 소년으로 하여 사랑의 기쁨으로 가득차곤 했습니다. 무엇인가를 줄 수 있을 때 사랑은 항상 행복합니다.

이제 소년은 자랐습니다. 그는 가끔 나무의 우묵한 곳에 한가롭게 누워 잠을 자기도 하고, 그 열매를 먹기도 하며 나무의 잎과 꽃으로 왕관을 만들어 쓰고는 숲의 왕처럼 행동하기도 했습니다.

사랑의 꽃이 자신의 가슴 안에 자리잡고 있을 때 인간은 이와 같은 행복감을 맛보게 됩니다. 그러나 에고의 가시가 거기에 있으면 사람은 가난하고 비참해 집니다.

소년이 꽃왕관을 쓰고 춤을 추는 것을 보며 나무는 기쁨에 가득찼습니다. 나무는 미풍 속에서 잎파리들을 나부끼며 사랑의 찬가를 불렀습니다.

소년은 자랐습니다. 그는 나무 꼭대기까지 기어 올라가 가지에 메달리며 놀았습니다. 나무는 소년이 가지 위에서 놀고 있을 때면 더 큰 행복을 느꼈습니다.

사랑은 누군가에게 평온을 줄 때만 행복합니다. 그러나 에고는 불안을 줄 때 행복합니다.

시간이 흘러감에 따라 소년에게는 다른 번거로운 의무가 생겨나기 시작했습니다. 그의 마음에 야망이란 그림자가 자라고 있었던 것입니다. 그에게는 합격해야 할 시험이 있었고, 잡담하며 함께 돌아다닐 친구들이 생겼습니다. 그래서 소년의 발걸음은 차츰 나무로부터 멀어져 갔습니다. 그러나 나무는 그가 오기를 애타게 기다렸습니다.

나무는 그 영혼으로부터 "오라, 오라! 나는 너를 기다리고 있다."고 부르짖는 것이었습니다. 사랑은 밤낮 없는 기다림입니다. 나무는 언제고 소년을 기다렸습니다. 소년이 오지 않으면 나무는 슬펐습니다.

사랑은 나누어 가지지 못하면 슬프고, 누구인가에게 주지 못하면 더 고통스러운 것입니다. 나누어 가질 수 있을 때만 사랑은 기쁨을 느낍니다. 모든 것을 내 줄 수 있을 때 사랑은 가장 행복합니다.

소년은 성장함에 따라 나무에게로 오는 시간이 점점 뜸해져 갔습니다. 인간이 성장하여 야망이 크게 자라면 사랑할 시간은 점점 멀어져 가는 것입니다. 소년은 이제 세속적인 일들에 온 마음을 빼앗기고 있었습니다.

어느 날 소년이 나무 옆을 지나가자, 나무는 그에게 간곡히 말했습니다.

"나는 네가 오기를 기다렸건만, 너는 끝내 오지 않았어. 난 매일 너를 기다리고 있었단다."

소년이 말했습니다.

"그런데 너는 무얼 갖고 있지? 왜 내가 너에게 와야 하지? 너는 돈이라도 갖고 있어? 난 돈을 갖고 싶어."

에고는 언제나 동기라는 욕망이 뒤따르게 마련입니다. 쓸모 있는 목적이 있을 때에만 에고는 그 완강한 모습을 드러내는 것입니다. 그러나 사랑은 동기가 없습니다. 사랑은 그것 자체가 보답인 것입니다.

깜짝 놀란 나무가 말했습니다.

"내가 무엇인가 줄 때에만 너는 나에게 오겠다는 말이니?"

내주기를 아까와 하는 것은 사랑이 아닙니다. 에고는 축적하기를 두려워하지 않습니다. 그러나 사랑은 무조건 줍니다.

"우리에게는 그와 같은 돈이 없어. 그래서 우리는 즐겁단다."

나무는 계속 말했습니다.

"우리에게는 꽃이 피고 많은 열매가 맺어. 우리는 나그네들에게 그늘을 주고 미풍 속에서 춤추며 노래한단다. 우리에게는 돈이 없어도 순결한 새들은 짹짹거리며 가지 위에서 뛰어놀곤 하지. 우리가 돈에 유혹당하게 되면 너희들 약한 인간처럼 우리도 어떻게 하면 평화를 얻을까를 배우기 위해, 어떻게 사랑을 찾아낼 것인가를 배우기 위해 사원에 가야 만할 거야. 그래서 우리는 돈이 필요없어."

그러자 소년이 말했습니다.

"그렇다면, 왜 내가 너에게 와야 하니? 나는 돈이 있는 곳으로 가겠어. 지금 나는 돈이 필요해."

에고는 권력을 필요로 하기 때문에 돈을 갈망합니다.

나무는 잠시 생각하더니, 이렇게 말했습니다.

"사랑하는 이여! 아무 데도 가지 말렴. 내 열매를 따서 팔도록 해. 그러면 너는 돈을 갖게 될거야."

소년의 표정은 금세 밝아졌습니다. 그는 나무에 기어올라 열매를 모두 땄습니다. 채 익지 않은 것까지 가지를 흔들어 떨어뜨렸습니다. 줄기와 가지가 부러지고 잎이 땅에 떨어졌으나 나무는 행복했습니다.

상처를 받아도 사랑은 행복함을 느낍니다. 그러나 얻은 후에도 에고는 만족감을 느끼지 못합니다. 에고는 언제나 더 많이 갖기를 열망하고 있습니다. 소년이 감사하다는 인사는커녕 한 번도 뒤돌아보지 않았으나 나무는 조금도 서운함을 느끼지 못했습니다. 열매를 따서 팔도록 하라는 제의를 소년이 받아들였을 때 나무는 오히려 소년에게 감사하고 있었던 것입니다.

그 후, 소년은 오랫동안 돌아오지 않았습니다. 그는 돈을 갖고 있었고, 그 돈으로 더 많은 돈을 버는데 바빴습니다. 그는 나무에 관한 일은 까맣게 잊고 있었던 것입니다.

　몇 해가 지나갔습니다. 나무는 슬펐습니다. 나무는 소년이 다시 돌아오기를 간절히 바라고 있었습니다. 마치 가슴은 젖으로 가득차 있으나 아들을 잃어버린 어머니처럼 나무는 소년을 기다리고 있습니다.

　여러 해가 지난 어느 날, 이젠 어른이 된 소년이 나무에게로 왔습니다. 나무는 너무 기쁜 나머지 외치듯 말했습니다.

　"어서 오너라. 나의 소년아! 와서 나를 안아다오."

　그러나 젊은이는 말했습니다.

　"그런 감상은 그만둬. 그것은 어린 시절의 일이었어. 이제 난, 어린 아이가 아니야."

　에고는 사랑을 미친 짓으로 보며 철없는 환상으로 여깁니다. 그러나 나무는 그를 초대했습니다.

　"어서 오너라. 와서 내 가지에 힘껏 매달려 보렴. 자, 함께 춤추며 놀자꾸나!"

　하지만 젊은이는 말했습니다.

　"그런 쓸데없는 말은 그만두란 말이야! 나는 집을 지어야만 해. 너는 나에게 집을 지어줄 수 있어?"

　나무는 외쳤습니다.

　"집이라구! 나에겐 집이란 것이 없어."

오직 인간만이 집이라는 것을 갖고 있으며, 인간 이외에 그 누구도 집에서 살지 않습니다. 당신은 사방을 벽으로 둘러싸여 갇혀진 인간의 상태를 알고 있습니까? 건물이 크면 클수록 인간은 작아지는 것입니다.

"우리는 집에서 거처하지 않으나 너는 내 가지를 잘라 갈 수 있지 않겠니? 그러면 너는 집을 지을 수 있을 거야."

그 말을 듣사 잠시도 시제하지 않고 그는 톱을 가져와서 나무의 가지들을 전부 잘랐습니다. 나무는 이제 몸통만이 남게 되었습니다. 그러나 사랑하는 이를 위해 사지가 잘려 나갈지라도 사랑은 언제나 줄 준비가 되어 있는 것입니다.

그 남자는 나무에게 감사할 생각조차 하지 않았습니다. 이렇게 해서 그는 자기 집을 지을 수가 있었습니다. 그리고 날이 가고 달이 가고 해가 갔습니다.

그 나무는 이제 통나무가 되어서 소년을 기다리고 또 기다렸습니다. 나무는 그를 부르고 싶었습니다. 그러나 나무에게는 힘을 줄 가지도 잎도 없었습니다. 바람이 불어 지나갔으나 바람결에 소식을 부탁할 수조차 없었습니다. 그런데도 나무의 영혼은 여전히 오직 한 가지 기도만을 올리고 있었습니다.

"오라, 오라, 나의 사랑하는 이여! 어서 오라."

그러나 아무 일도 일어나지 않았습니다.

세월은 흘렀고 그 남자 역시 이젠 늙었습니다. 어느 날 그는 초라한 모습으로 지나가는 길에 나무에게로 와 옆에 섰습니다.

나무가 물었습니다.

"너를 위해 그밖에 다른 무언인가 해 줄 수 있는 일이 있을까? 넌 무척 오랜만에 왔구나."

그 늙은이는 말했습니다.

"나를 위해 무엇을 더 줄 수 있겠니? 나는 더 많은 돈을 벌기 위해 먼 나라로 가고 싶어. 지금 나는 여행할 배가 필요해."

나무는 기쁜 듯이 말했습니다.

"하지만, 그건 문제 없는 걸. 사랑하는 이여, 내 몸통을 잘라다 그것으로 배를 만들게. 네가 돈을 벌러 먼 나라로 가는 것을 도울 수 있다면 나는 무척 행복할 거야. 그러나 꼭 기억해 두게. 난 네가 돌아오길 언제까지나 기다리고 있을 거라는 점을."

그는 톱을 가져와 마지막 나무의 몸통마저 잘라 배를 만들어서 그걸 타고 어디로인가 떠나갔습니다. 나무는 이제 작은 그루터기로 남게 되었습니다. 그리고 나무는 사랑하는 이의 귀향을 기다리는 것이었습니다. 나무는 기다리고 또 기다렸습니다. 하지만, 그 남자는 영영 돌아오지 않았습니다.

에고는 아무것도 얻을 것이 없는 곳에는 가지 않습니다. 끊임없이 요구하는 욕구만이 있을 뿐입니다. 그러나 사랑은 관용입니다. 사랑은 왕이요, 황제인 것입니다.

어느 날 밤, 나는 그 나무 그루터기 곁에서 쉬고 있었습니다. 나무는 나에게 속삭였습니다.

"나의 친구는 아직 돌아오지 않았습니다. 나는 혹시 그가 물에 빠지지나 않았을까, 길을 잃지나 않았을까 매우 걱정하고 있습니다. 그는 그 먼 나라의 어딘가에서 길을 잃었을지 모릅니다. 어쩌면 그는 살아있지 않을지도 모릅니다. 나는 그의 소식을 얼마나 갈망하는지 모릅니다. 마지막으로 그의 소식이라도 들었으면 좋겠습니다. 그러면 나는 행복하게 죽을 수 있을 것 같습니다. 그러나 내가 그를 부를 수 있다고 해도 그는 오지 않을 것입니다. 이제 나에게는 줄 것이란 아무것도 남아 있지 않고, 그는 받을 말 밖에는 이해하지 못하니까요."

에고는 받는 언어 밖에는 이해할 줄 모릅니다. 주는 언어는 사랑뿐입니다. 만일 우리의 인생이 그 나무처럼 될 수 있다면, 누구라도 그 그늘에서 쉴 수 있도록 가지를 멀리까지 크게 뻗칠 수 있다면, 우리는 사랑이 무엇인가를 이해하게 될 것입니다.

사랑에는 경전도 없고, 도표도 없고, 사전도 없습니다. 사랑에는 정해진 원칙도 없습니다. 이처럼 사랑을 설명하기란 매우 어렵습니다.

사랑은 다만 있을 뿐입니다. 당신이 가까이 와서 내 눈속을 들여다보면, 당신은 어쩌면 사랑을 그 눈 속에서 발견하게 될지도 모르겠습니다. 내가 포옹하려고 팔을 뻗칠 때 당신은 그것을 느낄 수 있을지도 모르겠습니다.

사랑, 사랑이란 무엇이겠습니까?

만일 사랑이 나의 눈 속에서, 나의 팔 안에서, 나의 침묵 속에서 느껴지지 않는다면, 어떠한 언어로도 사랑을 이해할 수 없을 것입니다.

톨스토이 인생론

행복한 삶으로의 여행

욕망

욕망은 결코 채워지는 법이 없다.
그것은 본성으로 해서 채워지는 것이 아니다.
그러나 아주 작은 욕망은 채워질 수 있다.
하지만 또 다른
몇 천이나 되는 다른 욕망이 거기서 생겨난다.
욕망이라는 것은
한 번 좇았다 하면 멈출 수 없는 무지개와 같다.
그러나 당신이 이것을 이해하게 되면
비로소 지금이라도 멈출 수가 있다.

욕망 –
그것은 돈일 수도 있다.
그것은 능력일 수도 있다.
자유일 수도 있다. 권력일 수도 있다.
이렇듯 욕망은 미래 속에 존재한다.

욕망이라는 섬이
사랑의 바다에 둘러싸여 있다면
그것은 종교와 같은 것이다.

욕망은 미래를 향해 존재합니다

당신이 행복하게 지내고 싶다면 욕망 없이는 이루어질 수 없습니다. 만일 당신이 보통 사람으로 지상에 머무르고 싶다 하더라도 욕망 없이는 이루어질 수 없습니다.

당신이 누군가를 사랑하고 사랑 받고 싶다면 욕망 없이는 불가능합니다. 그러므로 당신은 욕망을 이해할 수 있을 것입니다.

욕망으로 불타는 마음을 가졌다면 진실한 사랑을 할 수 없습니다. 그것은 불가능합니다. 자기의 욕망을 채우지 않으면 안 되기 때문입니다. 그는 사랑을 위해 모든 것을 희생하지 않으면 안 됩니다. 그래서 그는 자기의 사랑을 계속 희생해야 합니다.

만일 그가 돈에 대한 욕망에 갇혀 있다면, 그들은 언제나 사랑을 다음으로 미룹니다. 이렇듯 욕망은 미래를 향해 존재합니다.

욕망은 멈출 수 없는 무지개와 같습니다

　욕망은 결코 채워지는 법이 없습니다. 그것은 본성으로 해서 채워지는 것이 아닙니다. 그러나 아주 작은 욕망은 채워질 수 있습니다. 하지만 또 다른 몇 천이나 되는 다른 욕망이 거기서 생겨납니다.

　욕망이라는 것은 한 번 쫓았다 하면 결코 멈출 수 없는 무지개와 같습니다. 그러나 당신이 이것을 이해하게 되면 바로, 지금이라도 욕망을 멈출 수가 있습니다.

욕망에 불타는 마음은 편할 수가 없습니다

욕망에 불타는 마음은 편안할 수 없습니다. 언제나 뛰고 있을 뿐입니다. 어떻게 뛰고 있는 사람이 사랑을 할 수 있겠습니까? 그는 달리고 있는 경기 중에 있습니다. 여가 따위는 있을 수 없습니다. 어쩌면 그의 생각은 언제인가 목표를 달성하고 자기가 찾는, 자기가 바라는 힘을 얻게 되면 그때는 조였던 마음을 풀고 사랑을 하려고 생각할지 모릅니다.

그러나 결국 그런 일은 일어나지 않습니다. 그 목표는 결코 달성될 수 없기 때문입니다. 무분별한 삶을 가지고 방황하는 것은 모두 당신의 것, 당신 내부의 욕망입니다.

이때 나타나는 태만은 의지적인 행동으로 극복될 수 있을지는 몰라도 마음의 잡다함은 그대로 남아있게 됩니다. 사소한 마음은 아주 활동적인 것이며, 일반적인 현상으로서 슬픔과 비극의 원인이 되고 있습니다. 그리하여 아무리 많은 노력으로 욕망을 극복하려고 해도 그 마음에는 계속 사소한 것들이 남아있습니다. 이렇듯 당신은 욕망의 집에 갇혀 살고 있습니다.

욕망은 깊은 집중입니다

　욕망에는 시냇물처럼 활력적인 요소가 있습니다. 시냇물이 여러 방면으로 빠르게 흘러가려는 성질이 있듯이, 한편으로 유익한 면이 있던 파괴적인 면이던 간에 욕망도 우리 내부에서 흐르려는 힘, 활력이 있습니다. 이와 같은 욕망을 다스릴 수 있습니다. 하지만 욕망을 다스릴 만한 능력의 소유자라고 하더라도 관심을 버리지 않으면 고통과 쾌락이 다시 접근하게 됩니다. 그러므로 욕망이라는 것은 실존 속에 내재해 있는 하나의 깊은 집중입니다.

욕망이 사랑의 바다에 둘러싸여 있다면 종교와 같은 것입니다

우리의 욕망이 사그라들고 순수한 관찰이 관조와 몰두로 승화되는 순간에는 모든 것이 달라집니다. 그때 비로소 우리는 불순한 사고와 행위를 멈추게 됩니다. 그와 동시에 우리가 자연과 함께 하면 순수한 관조의 대상처럼 아름다워지고 신비로운 존재로 변모합니다. 왜냐하면 관찰이란 연구나 비판의 대상이 아니기 때문입니다.

관조란 바로 사랑입니다. 관조는 우리의 영혼의 가장 숭고하고 바람직한 상태로서 아무런 욕망이 없는 사랑이라고 할 수 있습니다.

욕망은 내일을 준비하는 그림자입니다

욕망은 늘 우리 마음 속에서 자라고 있습니다. 때로는 격렬한 불길과도 같고, 때로는 생명을 꽃 피우려는 준비를 갖춘 모습으로 마음 속에 자리잡고 있습니다. 문제는 우리가 어떻게 욕망과 함께 공존하는가에 있습니다. 욕망이 그대로 마음 안에서 고요히 있으면 당신 역시 조용히 지낼 수 있을 것입니다. 하지만 욕망이 잠에서 깨어나면 걷잡을 수 없는 혼란에 빠지게 됩니다. 끊임 없는 생각과 열정에 들떠 욕망이 현실로 이루어질 때까지 온갖 노력을 하게 됩니다.

여기서 맛보게 되는 고요는 다른 욕망을 갖게 될 때 다시 찾아오는 기다림인 것입니다. 이런 고요는 압력을 받고 있는 바닷물과 같아서 아무리 높은 벽을 쌓아올린다고 하더라도 욕망의 물결은 차 올라 넘쳐 흐르게 됩니다.

우리 인간은 최선을 다해 욕망의 사슬에서 벗어나려고 안간힘을 쓰지만, 그것은 그림자처럼 마음 깊숙한 내면에 숨어서 뭔가를 기다리고 있다는 것에 유념해야 합니다.

욕망은 내일을 준비하는 그림자입니다.

욕망을 억제하면 다른 형태로 우리 내부에서 모습을 드러냅니다. 욕망을 지배한다는 것은 편협하게 자기 중심적으로 다룬다는 의미가 있습니다. 욕망을 수련시키면서 우리들 스스로가 장벽을 쌓고 또 자신이 무너뜨리고 있다는 것입니다. 즉 욕망이 표출되면 덫에 붙잡히게 된다는 이중성이 있습니다.

그러므로 욕망을 승화시키려는 마음가짐은 의지의 행동입니다. 그러나 의지란 욕망을 이루고 있는 구심점이며, 필수적인 것으로서 다른 욕망을 지배하려 할 때 다시 부쟁 속으로 돌아가야 합니다.

추억은 욕망의 굶주림입니다

때때로 추억에 의해서 산다는 것은 현실 속에서 호흡하는 것보다 즐거운 일일 것입니다. 그런데 자각한다는 것이 더 괴로울 때가 있습니다. 지난 밤의 꿈을 실현하기 위해서는 불과 얼마 안 되는 시간 밖에 소유할 수 없기 때문입니다.

그렇다면 행복을 망각하는 데 그 의미가 있겠습니까? 일찍이 쇼펜하우어가 말한 것과 같이 노인은 자신의 기억력을 잃는 것이 커다란 손실이 아니라고 생각하고 있다는 것입니다. 실제로 시간의 포로로 산다는 것보다 무서운 일은 없습니다.

행복은 추억 속에서 나와 더불어 다른 사람을 위해서 살아가는데 불빛 같은 것입니다. 그렇다면 우리들 삶 속에서 그 추억을 찾지 않으면 안 됩니다. 그것은 사랑하는 사람의 희망을 짜기 위한 귀중한 실의 역할을 하기 때문입니다. 저녁 무렵의 진실한 행복은 자기의 영혼과 마음을 위로합니다.

추억은 낮과 밤을 기다리게 하는 예감입니다

나는 추억의 행복에 대해서 부정적인 정의를 내리는 쇼펜하우어의 말에 동의할 수가 없습니다. 그는 추억의 행복에 대해서 다음과 같이 말하고 있습니다.

"추억은 의시와 상관 없는 일종의 쾌락으로서 착각적인 매력입니다. 그 착각적인 매력이 너무도 아름다운 빛깔로 변신하기 때문에 우리는 희생자가 되고마는 것입니다."

이에 대해 나는 이렇게 말하고 싶습니다.

"시간은 모순을 제거하고 빛을 따뜻하게 하여 이미 지나가 버린 아침과 점심 때의 일을 저녁 때 다시 맛 보게 해준다."

우리에게는 자기 반성의 고독한 시간이 필요합니다

우리 인간은 사회적 동물입니다. 그러나 남과 떨어져서 고독하게 지내는 나만의 시간도 필요합니다. 또 죄인의 절박한 유폐생활이나 세상을 숨어서 사는 은자隱者의 두문불출한 생활이던 간에 고독한 시간이 너무 길면, 우리의 정신은 비인간화하여 자기 상실에 빠진다는 점에 유의해야 합니다.

우리에게는 무엇보다도 조용한 사색의 시간이 필요합니다. 자유로운 묵상과 고요한 명상의 시간, 자기 반성의 시간이 필요한 것입니다. 온갖 감시의 눈에서 피할 수 있는 완전한 고독의 시간과 자기를 회복시킬 수 있는 시간이 필요합니다.

고독은 인생의 고향입니다

생활이 복잡하지 않던 시대에는 고독이 생활의 방편이 될 수 있었습니다. 대다수의 사람들은 혼자서 자기의 일을 묵묵히 수행해 나갔습니다. 작업장이나 노동자들이 여럿이 모이는 큰 건물 같은 곳에서 일하지 않아도 삶을 유지할 수 있었습니다.

농부는 혼자 자연과 더불어 생활하는 때가 많았습니다. 구두장이는 홀로 자기 의자에 앉아서 조용히 일하였습니다. 노를 잡고 있는 뱃사공이나 마스트 꼭대기에 올라가서 일하는 수부는 마음대로 혼자서 명상할 수가 있었습니다. 언제든지 그들은 자기 자신만의 사색에 잠길 수 있었습니다.

서로 친밀하게 지낼 기회도 부족하지 않았습니다. 집은 작고 누추했지만, 많은 가족들과 친척들의 만남이 잦았습니다. 이웃 사람들과 난로가에 둘러앉아 밤을 새우고 이야기꽃을 피웠고 젊은 남녀들은 어두운 숲속이나 적막한 벌판으로 밀회를 즐기기 위해 빠져 나갑니다.

우리에게는 때때로 사색적 기분을 북돋우기 위해서 한가한 시간을 가질 필요가 있습니다. 우리에게는 노변路邊의 고독이 필요하고 친한 친구들과 속을 터놓고 이야기하며 교제하는 시간이 필요합니다.

예술가는 고독을 조각하는 창조자입니다

예술가는 고독하게 그의 작품 속에 있어야 합니다. 예술가는 자기 내부에서 안심해서도 안 됩니다. 무엇보다도 자기의 솜씨나 기술을 사랑하게 되어서는 더욱 안 됩니다.

예술가는 악덕을 보일 것이 아니라, 작품 속에 몸을 감추어야 합니다. 아름답고 새로운 것을 창조해 보려고 하는 꿈을 처음으로 가지게끔 만든 충동에서 이탈해서는 안 됩니다. 성공욕은 인간으로서 당연한 보상이며 또 강렬한 욕망이겠지만, 창조적 의욕을 위태롭게 해서는 안 됩니다. 그가 창조하려는 세계는 그 가치가 크건 작건 어디까지나 그의 독자적인 세계입니다.

이것은 대중이나 비평가가 작가에게 원하는 바가 아닙니다. 그가 제일 염려해야 할 것은 명성을 얻지 못하면 어떻게 처신해야 하는가에 대한 자기 반성입니다. 그러므로 예술가는 자신의 작품에 만족해서는 안됩니다. 작은 성공에 자만해서도 안 됩니다. 자기 작품의 온갖 방면에 대해서 가장 세심한 비평가가 되어야 합니다.

키이츠(Keats)는 스물 여섯 살 났을 때 폐결핵으로 생명의 위험을 느끼고 예술가의 죽음에 대한 공포를 다음과 같이 표현하였습니다.

나의 풍성한 머리를 내 붓으로 정리하기 전에

높이 쌓아 놓은 책들이

풍성한 곡창처럼 탐스럽게 무르익은 열매를 지니기 전에

나의 생명이 끝날지도 모른다는 두려움을 느낄 때

별이 반짝거리는 하늘에서

훌륭한 로맨스의 위대한 상징을 바라볼 때

또 다행히도 훌륭한 솜씨로 그 그림자를

더듬어 나가지 못하고 죽는다고

내가 생각할 때.

이것이 진정한 예술가의 고독한 표현입니다.

가난 또는 환경, 내적 실패 또는 인생의 요절로 인해서 창조적인 꿈을 실현할 수 없다면 예술가로서는 최대의 비극입니다. 하지만 진정한 예술가는 조물주 이상의 고독한 창조자입니다.

고통의 길에는 푸른 하늘이 보이지 않습니다

괴로워한다는 것은 일련의 사슬입니다. 괴로움을 견디어간다는 것은 한 쌍의 날개와 같습니다. 괴로워한다는 것은 호출을 받는 것이며, 괴로움을 견디어 간다는 것은 그대로 받아들이는 것을 의미합니다. 괴로워하는 사람은 지상에 눈을 돌리고 괴로움을 견디어가는 사람은 눈을 하늘로 향해서 뜹니다. 그러나 세상에는 괴로움을 견디어 갈 수가 없어서 괴로워하고 있는 사람들이 너무나 많습니다.

영혼의 문을 닫을 때 고통이 머무릅니다

　이별한다는 것은 고통입니다. 동정과 우정과 애정은 최초로 우리의 삶에 불을 지핍니다. 그리하여 추억은 그 불을 더 하게 하는 기름입니다. 망각으로 하여 고통을 거부하기 위해 영혼의 문을 닫아서는 안 됩니다. 그러나 함께 고통을 받기 위해서는 추억하지 않으면 안 됩니다. 하나 하나의 고통 앞에 하나 하나의 삶의 불을 켜지 않으면 안 됩니다. 우리들 괴로움의 상대는 우리들 자신입니다.

고통으로 하나의 불을 켤 때 기쁨의 문이 열립니다

괴로움 속에 자기 자신만이 홀로 빠져 있다고 생각해서는 안 됩니다. 괴로움은 당신의 이름, 당신의 얼굴, 당신의 상처를 가지고 있습니다. 그럼에도 불구하고 우리들에 있어서 그것은 하나의 신비입니다.

침대에 누워 있는 자, 병원에서 죽어가는 자, 도덕적으로 회복할 수 없는 자, 희망없이 십자가에 매달려 있는 자, 이들 영혼이 메마른 사람들을 생각해 보시기 바랍니다.

슈베르트는 한 친구에게 다음과 같은 글을 썼습니다.

'나의 고통으로부터 탄생한 음악은 다른 사람들에게 가장 큰 기쁨을 줍니다.'

바하는 열 셋의 아이를 잃고 장님이 되어 홀로 어두운 방안에서 긴 시간을 보내면서 세계 평화를 기원하는 성가聖歌를 구두로 썼습니다. 또한 베토벤은 귀머거리의 장애자로 친구도 애인도 없이 심포니, 제 9번에 의한 송가를 썼습니다.

고독한 철학자 쇼펜하우어는 우리들에게 '고통은 성스러운 것, 정화淨化와 해방의 수단'이라는 것을 가르치고 있습니다. 우리는 하나 하나의 고통 앞에 하나 하나의 불을 켜지 않으면 안 되는 선택된 자입니다.

우리의 병病에는 나름대로의 뿌리와 꽃이 있습니다

병의 종류는 몇 천 몇 백이 있지만, 그 하나 하나에는 그것의 뿌리가 있고 꽃이 있습니다. 병은 몇 개월이고 몇 년이고 계속되지만 건너지 않으면 안 될 다리橋와 길 같은 것입니다.

매일 아침 눈을 뜰 때마다 병자는 그날의 일에 대한 준비를 하지 않으면 안 됩니다. 병이라는 것은 수도회修道會와 같은 것으로 병자는 힘든 수련기를 넘기지 않으면 안 됩니다.

용서하여 주고 싶지 않은 병-병의 경과를 조사하고, 열을 재고, 의사의 진찰과 진단을 받으며 분석을 관찰하고, 시간을 정하여 약재를 주며, 절개切開를 감시하고, 식이요법을 조정하고 밤을 새우며 회복기에는 보호의 손을 늦추지 않는 까닭으로 해서 환자의 인내심은 환약, 산약, 정제, 물약, 특수한 광선, 외용약과 다투지 않으면 안 됩니다. 그러나 병상에 있을 때야말로 우정이나 육친의 애정에 고마움의 찬사를 가져 보는 시간이 될 것입니다.

병을 인내하는 것은 신앙과 같습니다

병원 생활은 창밖에서 눈을 뜹니다. 내 몸의 열의 파도는 창으로부터 흘러들어와서 베드 위에서 멈추어버 립니다. 환자는 약과 주사로 일관되어 있는 시간표에 만족하지 않으면 안 됩니다. 그러자 건강했던 지난날의 생활이 부르고 있습니다.

날이 샐 때마다 병상에 드러누워 있다는 것을 자각하고 잠시 동안 정신을 잃고 있는 시간도 있습니다. 모든 것이 적의에 꽉 차 있는 것처럼 보입니다. 그러자 아침의 열이 육체를 침식하기 시작합니다. 검고 불길한 마음이 추억의 방직기로 붉은 실과 회색의 실로 병실의 생활을 짜기 시작합니다.

한편 잃어버린 건강을 되찾은 병자는 예술가이며, 과학자이며, 신앙인이기도 합니다.

병은 삶을 가두는 감옥입니다

당신과 더불어 병자의 기도를 노래하도록 허락해 주십시오. 병은 건강한 일을 멈추게 하는 또 다른 일상입니다. 병은 하나의 시련입니다. 당신에게는 그것에 지지 않도록 노력해야 하는 의무가 주어져 있습니다. 병은 하나의 피난처입니다. 당신은 거기에서 또 다른 자기를 발견하지 않도록 하시기 바랍니다. 병은 하나의 감옥입니다. 거기에서 진실한 자유를 획득하도록 노력하십시오.

병은 삶의 텃밭에 씨를 뿌리는 시련기입니다

병은 하나의 불가사의한 그늘을 가지고 있습니다. 그 미궁迷宮을 깨
닫도록 하십시오. 병은 당신을 세상으로부터 멀리 격리시켜 놓기도 합
니다. 그것을 운명으로 탓해서는 안 됩니다. 병은 육신의 힘을 제한시
킵니다. 당신은 그것을 정신력이 발전하는 근본으로 삼아서도 안 됩니
다. 병의 고통에 져서도 안 됩니다. 그것에 맞서야 합니다. 절대로 실의
에 져서는 안 됩니다. 오직 희망을 양성해야 합니다. 병은 이랑을 만들
고 씨를 뿌리며 내일 꽃과 열매를 가져오는 부활의 텃밭입니다.

치유는 당신의 배에 돛을 올리는 것과 같습니다

마침내 당신의 병이 낫고 생명은 다시 웃음을 지을 것입니다. 그렇게 하면 인내와 희망을 자리 바꿈하기 위해서 환희의 간호사를 옆에 불러주십시오. 그러면 생활은 또 다시 노래를 시작할 것입니다.

쾌활한 마음을 가지고 있는 사람들은 반드시 병이 잘 낫는다는 것을 모든 병든 사람들에게 알려주십시오. 그러면 오랫동안 친구였던 병실의 베드로부터 떠나는 것도 가까운 시간 안에 허락되어질 것입니다. 동시에 가장 괴로웠던 한 때가 당신이 몰랐던 것을 가르쳐 주었다는 것에 의미를 갖게 될 것입니다.

건강했던 때의 습관을 다시 찾고 지나가 버린 날의 우정은 돌아올 것입니다. 그리하여 병의 속박으로부터 해방되면 지금까지의 경험은 마치 꿈인 것처럼 생각될지도 모릅니다.

당신에게 주어진 상처가 고통을 인내하여 온 것을 삶의 이정표로 삼는다면 이보다 더한 행복은 없을 것입니다.

노인은 청춘을 그림자로 가꾸는 원예사들입니다

사랑을 판단한다는 허무함을 알기 위해서는 양로원을 방문하는 것으로 충분합니다. 그들은 퇴색한 돛, 낡은 뱃머리, 부서진 노를 저으며 지친 육체로 저녁에 이른 것입니다.

양로원은 긴 삶의 여행을 끝낸 배를 맞는 항구처럼 그들을 받아들입니다.

어떤 사람은 우연히 무서운 난파에서 구사일생으로 구원되었습니다. 또 다른 사람들은 비참함이나 비운의 바람에 불리어서 이 곳에 이른 것입니다. 그들을 기다리는 친척들은 아무도 없습니다. 그들을 환영해 주는 친구도 없습니다. 허영과 이기주의로 찬 이 세상에서 그들은 누구 하나 돌보는 이 없는 외톨이입니다.

이런 노인들을 바라보면서 우리들은 어떤 판단을 하면 좋겠습니까? 많은 사람들에게 있어서 저녁은 불안과 고통, 비참과 기아를 가져오는 시간입니다. 그리하여 저지른 부정, 인내한 부끄럼으로 해서 힘 없고, 이미 무기武器 마저 낡아버렸으므로 삶의 투쟁을 계속한다는 것은 어려운 일입니다.

불안과 공포의 저녁, 그것은 우리들 모두가 형제애에 대해서 그리스도가 제자에게 말한 대로 "노인이 나에게 오는 것을 허락하고 그들에게 휴식을 주고 보호할 것"이라고 한 것을 잊어서는 안 됩니다. 그들의 나날을 애정을 가지고 또 그들의 생각을 관용을 가지고 받아들여야 합니다. 추억을 한다는 것은 다시 한 번 산다는 것에 의미를 두어야 합니다.

　노년의 우리는 그늘에 앉아서 이미 잃어버린 빛을 바라보고, 저녁에 이미 멀리 사라진 아침을 바라보는 고독을 배우지 않으면 안 됩니다.

삶으로의 여행

추억으로의 여행 : 떨어져 있다는 것은 고통이 됩니다. 동정과 우정과 그리고 애정은 최초의 불을 타오르게 합니다. 그리하여 추억은 그 불을 더하게 하는 기름입니다. 망각의 고통을 거부하기 위해 영혼의 문을 닫지 말아야 합니다. 그러나 함께 고통 받기 위해서는 추억하지 않으면 안 됩니다. 나는 수 없이 이별에 대하여 생각했습니다. 그런데 하나의 미소는 지나가 버린 꿈에 지나지 않았다는 확신만 주었을 뿐입니다. 그러나 지금 그 하나의 미소는, 그 꿈은 향수와 더불어 소생하는 것이라는 암묵의 약속을 하여줍니다.

이와같이 어떤 자는 자기가 결정한 순간 순간 속에서 살며, 그 외의 사람들은 자신이 뿌리를 내린 곳에 머무르는 것입니다. 한편 또 다른 영혼들은 같은 세계에 속해 있다는 것을 순간적으로 직감하고 시간과 공간을 뛰어넘어 삶에 대한 충실을 맹세합니다. 그리하여 향수의 등불을 켜는 최초의 불길이 됩니다. 이런 경우 몇 년이 지난 후에도 하나의 이름, 하나의 시간, 하나의 장소 때문에 불러일으켜진 추억은 삶의 잔해에 지나지 않다는 사실에 놀랄 것입니다.

그리하여 또 다른 고통이 시작됩니다. 고통이 부르는 소리가 어느 해안에서 들려오는가를 곧 이해하고, 그것이 그대로 우리 삶에 파도처럼 밀려드는 것을 알게 될 것입니다. 오늘은 너무 멀리 가 있는 자의 추억을 잊어 버려서는 안 됩니다.

그리움으로의 여행 : 이미 출발한 사람들은 남아 있는 자들의 향수鄕愁의 괴로움을 모릅니다. 출발이라는 것은 알지 못하는 것에의 조우遭遇, 산수山水의 변화, 때로는 생활의 쇄신이라고도 말할 수 있습니다. 그러나 그것이 착각임을 놓쳐서는 안 됩니다.

지금 남겨진 자들은 한 마디 말의 파편, 미소의 반사反射, 물건이나 사람, 장소에 깊이 매료되어 있습니다. 그리하여 그들은 단지 혼자만 살아 남아 있는 것처럼 생각합니다. 생각은 향수의 등불을 켜고 마음은 멀리 허공에 떠돕니다.

"당신으로 해서 내가 괴로워하고 있는 동안 어디에 계십니까? 나의 것이었던 당신의 생명은 지금 어디에서 노래하고 있습니까? 내 곁으로 오기 위한 당신의 발걸음은 지금 어느 곳을 방황하고 있습니까? 기억하고 계신가요? 우리들은 지나가 버리는 순간을 붙들고 영원의 말로서 그것을 연결하여 붙들려고 하였습니다. 그리하여 시간은 복수를 한 것입니다. 그 추억 속에 울려오는 당신의 음성, 우리들의 어린 손으로 가꾸고 세운 꿈을, 다시 살리려고 하는 소망이, 나의 마음 속에서 불타고 있다는 것을 알아주지 않으면 안 되겠습니까. 왜 돌아오지 않는 것입니까?"

당신의 이름 앞에 등불은 타오르고, 지금도 나의 마음은 변함이 없습니다.

버리고 싶은 욕망으로부터의 여행 : 향수로 괴로워한다는 것은 서서히 불 타고 있다는 것을 뜻합니다. 바람에 흔들리는 등불처럼 두려움에 떨면서 또 다시 타오르는 것은 기다리는 마음입니다. 그런 동안 아침도 대낮도 저녁도 지나가 버립니다. 그러나 하나의 향수와 하나의 추억을 마음 속에 되새김질을 할때 이루지 못한 약속 앞에 흔들리는 등불처럼 불 타는 것이 버리고 싶은 욕망입니다. 하지만 이 약한 불은 사랑하는 영혼에 생명을 부여하는데 충분합니다.

'미풍!' 그리하여 꿈은 단숨에 꺼져 버립니다. 약간의 긴 침묵, 중지된 말, 미소에도 풀리지 않는 오해. 그러는 사이에 사람들은 자기 자신의 길을 걸어갔습니다. 그런데 날은 이미 너무 늦었습니다. 영혼은 육체보다 빨리 떠날 것을 서두릅니다. 그리하여 묘석墓石에 기록되어 있다고 생각되는 당신의 이름 앞에 나는 깊은 향수를 느낄 것입니다.

내 자신에게로 돌아가는 마지막 여행 : 당신은 자신의 슬픔을 누구에게도 말하려고 하지 않습니다. 괴로움을 참는 것만큼 고통스런 일도 없습니다.

당신을 좀 먹는 이 고통을 당신은 비밀로 하고 있습니다. 그것에 이름을 붙이기조차 싫어합니다. 이미 침묵은 당신에게 피를 흘리게 할 정도의 상처를 입혔습니다.

그리하여 당신은 점점 더 지쳐 버린 신경의 포로가 되고 말았습니다. 그것 뿐만이 아닙니다. 가끔 당신은 자신을 고문拷問하고 있습니다. 스스로 수갑을 채우고 마음에 가시를 뿌리고 영혼에 불을 붙이고 그대로 사람들 사이에서 살려고 합니다. 거기에서 당신은 한 사람 한 사람 속에 적을, 모든 사건의 사슬을 보게 되는 것입니다. 이른 아침부터 저녁 일을 생각하면서 떨고 있는 것입니다.

이리하여 당신은 모든 것, 모든 사람들로부터 고독을 지키고 스스로 만든 고뇌의 희생자가 되고마는 것입니다. 어느 누구도 당신과 싸우려고 하지 않습니다. 당신의 병은 당신 이외에 치료할 수가 없습니다. 당신의 목마름을 고치는 것은 당신의 마음뿐입니다. 우리들의 최악의 적은 바로 나 자신입니다.

톨스토이 인생론

행복한 삶으로의 여행

명상

나는 누구인가?
자기라는 것은 허구의 개념
하나의 생각, 머리 속의 작은 거품에 불과하다.
비누방울이다. 그 이상 아무것도 아니다.
나란 존재는 이미 당신이 구하고 있는
바로 그것이다.

시간이 없는 세계, 그것이 명상의 모습입니다

램프불을 끄면 빛은 없어집니다.
그러나 의식은 끌 수가 없습니다.

한 번쯤 자신의 내부를 향해서 떠나보십시오.
명상 속으로 들어가 보면 사람들은 모두 겁을 냅니다.
그들은 알 수 없는 두려움에 몸을 떱니다.
깊은 내적인 전율이 솟아납니다.
깊은 불안과 고민이 솟아납니다.
눈을 뜬, 깬 의식에 가까워지고 있기 때문입니다.
존재에 가까워지고 있는 것입니다.

하나의 거대한 공간
처음도 끝도 없는
하나의 영원
그것이 바로 당신인 것입니다.

명상은 창조의 시간입니다

당신이 누군가를 사랑하고 있을 때 내면에 갖고 있는 사랑을 상식적인 사랑과 비교해서는 안 됩니다. 당신이 갖고 있는 사랑에 대한 기준은 늘 변화하고 있기 때문입니다. 따라서 명상이 시작될 때 환영적인 사랑은 곧 흩어져 사라지게 됩니다.

당신이 완전한 사랑을 얻고자 한다면, 사랑에 대해 낙심하지 말아야 하며 환영적인 사랑을 영원하고 진실된 것으로 생각해서는 안 된다는 것입니다. 물론 이 두 개의 사상에 사랑의 가능성이 전혀 없다는 것은 아닙니다.

이제 사랑의 생명이 사라져 가고 있음으로 해서 당신이 낙심하게 될 때, 그것에 대해 병적인 집착을 가질 때 사랑은 당신을 향한 내면의 여행, 즉 명상에 큰 방해물이 되는 것입니다. 하지만 당신이 예술의 아름다움을 추구하는 화가라면 당신은 미美의 창조성 속에서 쉽게 자신을 발견해 내지 못하겠지만, 끊임없는 노력은 계속될 것입니다.

그리하여 마침내 명상을 통해 아름다운 색채로 자신의 창조성을 표현할 것입니다.

명상의 첫 걸음은 사랑입니다.

누군가에 의존하려는 마음은 가련한 사랑입니다. 당신 안에서 모습을 드러낸 사랑, 다시 말해서 자기 자신에 의해 창조된 사랑은 참된 에너지입니다. 그러므로 당신을 둘러싸고 있는 사랑의 큰 파도와 함께 어디로인가 자연스럽게 흐르고자 할 때 사랑의 모습은 아름답습니다.

그러면 당신과 밀접한 관계를 맺고 있는 사람들도 다른 종류의 에너지를 갖고 있다는 새로운 사실을 발견하게 될 것입니다. 이때 비로소 명상의 첫 걸음을 내딛게 되는 것입니다.

사람들은 경의의 시선으로 당신을 바라보게 되고, 당신은 그들 곁을 아주 유연한 행동으로 지나칠 수 있습니다. 그때 당신의 주위에 있던 사람들은 어떤 알 수 없는 에너지의 움직임이 바로 자기들 곁을 지나갔음을 느낌과 동시에 신선한 감동에 사로잡히게 될 것입니다.

바로 이 순간 당신은 아주 선명한 마음의 통로를 따라 타인의 변화를 직감할 수 있다는 것을, 이제 당신은 자신의 충만된 마음을 다른 사람에게 나누어 줄 준비가 되어 있다는 것을 의미합니다.

명상과 삶은 오솔길을 함께 걷는 연인입니다

명상은 늘 우리 가슴속 깊은 곳으로 들어가려고 합니다. 우리가 자신의 가슴속 깊이 들어갈 때 사랑은 살며시 눈을 뜹니다. 이렇듯 사랑은 항상 명상을 따라 다니고, 명상 또한 사랑과 더불어 함께 있을 준비가 되어 있습니다. 그러므로 당신이 사랑스런 연인이 될 때, 명상은 당신을 기다리고 있게 됩니다.

이렇듯 사랑과 명상은 늘 함께 있는 것이며, 명상과 당신은 삶의 오솔길을 함께 걷는 인연을 갖게 될 것입니다. 그리하여 당신은 주위에서 솟아나오는 크나큰 사랑을 지니게 되고, 마침내 사랑의 빛으로 넘쳐 흐르게 됩니다.

그러면 당신의 사고思考는 어두운 장막을 걷우고 생각의 구름이 더 이상 당신의 존재를 가리지 않는, 당신의 주위를 겹겹이 에워싸고 있는 몽롱한 졸음이 더 이상 존재하지 않는 명상의 세계, 즉 새로운 의식의 길을 발견하게 될 것입니다.

명상 속에서의 당신은 일시적인 현상에 불과합니다

의식의 아침이 되면 당신은 혼돈의 잠으로부터 깨어날 것이며 침잠으로부터 해방될 것입니다. 당신이 명상을 통해 자신의 내면 세계를 순례하게 될 때 나타나는 움직임, 그것은 외부에서 일어나고 있는 것과 똑같은 에너지가 내부에서도 작용하고 있다는 것을 느끼게 합니다.

그리고 갑자기 당신은 이 우주 속의 고도처럼 홀로 있음을 느끼게 됩니다. 하나의 작은 모래알과도 같은 존재, 유한한 생과 만나게 될 것입니다. 그래서 삶과의 모든 관계는 의존이나 구속으로 보이는 것입니다. 그러나 이것은 일시적인 현상에 불과합니다.

그리하여 당신의 내면에 안정이 찾아오고 움직임의 에너지가 넘쳐 흐르고 있음을 느끼게 될 때 당신은 또 다른 생과 관계를 맺고 싶어할 것입니다. 이러한 마음은 처음으로 명상적이 되며 이때 사랑이 하나의 구속처럼 보이게 되는 것입니다.

이렇듯 명상적이 아닌 마음은 진실한 사랑을 할 수 없기 때문에 거짓된 마음입니다. 그러한 마음에서의 사랑은 거짓이며, 환영적인 모순된 사랑입니다.

명상에 잠기면 당신이 바로 목적지임을 깨달을 수 있습니다

방 안에 홀로 앉아 사랑을 명상의 세계를 끌어들여 에너지로 가득 채운 다음 새로운 진동수의 떨림을 체험해 보기 바랍니다. 마치 당신은 사랑의 바다에 떠 있는 것과 같은 아주 벅찬 흔들림을 맛보게 될 것입니다.

당신 자신도 알 수 없는 것이 내부로부터 끊임없이 일어나고 있음을, 당신의 기氣 속에 있는 무엇인가가 변화하고 있음을, 당신의 온몸을 둘러싸고 있는 것들이 조금씩 떨어져 나가는 듯한 전율을, 깊은 오르가즘 같은 따뜻함이 당신의 주위에서 생기고 있음을 아주 확실하게 느낄 수 있을 것입니다.

그런 충격적인 느낌 속에서 의식의 몽롱함이 걷히면서 차츰 드러나는 선명함, 당신은 이미 명상의 세계에 도달해 있는 것입니다.

명상의 토대는 완벽한 삶을 추구하는 데 있습니다

명상의 토대는 완벽한 삶과 깊은 관계가 있고 질서가 잡힌 미덕美德한 삶이며, 내부적으로 꾸밈이 없는 삶, 간소하고 내핍적인 – 바로 그것이 정신의 갈등 속에 빠져 있지 않음을 뜻합니다. – 삶입니다.

당신이 그와 같은 토대에서 아무런 노력 없이 – 왜냐하면 당신이 노력을 하는 순간 갈등이 생기기 때문입니다. – 명상의 불을 짚힐 때 당신은 진실을 보게 됩니다. 그렇기 때문에 그것은 근본적인 변화를 가져오는 현실에 대한 인식인 것입니다.

고요히 평정된 정신 내부에는 완전히 다른, 차원이 다른, 전혀 성질이 다른 움직임이 존재한다는 사실을 깨닫는 것이 정지된 정신입니다. 그것은 말로 설명할 수 없는 세계입니다. 어떻게 언어로 설명할 수 있겠습니까?

이제 설명이 될 수 있는 명상은 당신이 토대를 세우고 필요성, 진실된 모습, 그리고 정지된 정신의 아름다움을 보는 순간입니다.

명상은 빈곤한 삶을 치료해 줍니다

명상은 확고한 우리의 삶을 치료할 수 있는 마지막 수단입니다. 그것이 내부 세계에 올바르게 투사되어야만 효과를 얻을 수 있습니다. 만일 자신의 명상을 자신의 병적인 부위에 투사할 수 없다면, 당신은 건강을 회복시킬 수 없습니다. 하지만 명상이 자신의 역할을 다해서 더이상 필요치 않게 되는 날 비로소 당신은 명상을 잊을 수 있습니다.

나는 누구인가?
자기라는 것은 허구의 개념
하나의 생각, 머리 속의 작은 거품에 불과하다.
비누방울이다. 그 이상 아무것도 아니다.
나란 존재는 이미 당신이 구하고 있는
바로 그것이다.

마치 없는 것처럼 투명한 것이 명상의 미덕입니다

샘물에는 비상한 아름다움이 숨어 있습니다. 그리고 땅 밑을 스며 흐르는 물은 마치 수정 속을 지나온 것처럼 맑게 보입니다. 그 물을 마시는 환상적인 즐거움, 그것은 공기처럼 파랗고, 마치 없는 것처럼 투명하고 맛도 알 수 없습니다. 이 세상에서 단 한 번 느낄 수 있는 감촉으로 밖에는 더 이상 설명할 수 없습니다.

이것이 바로 명상의 숨겨진 미덕입니다.

명상은 사색하는 하나의 방식입니다

우리 인간은 철학에서 삶의 가치를 배우지는 않습니다. 그러나 명상은 과학과 달라서 가치에 대하여 중대한 관심을 가지고 있습니다. 명상은 가치에 형태와 표현을 줍니다. 명상은 가치를 설명하고 가치를 서로 관련시키려고 합니다.

명상은 우리에게 삶의 가치에 관해서 사색하도록 가르쳐 줍니다. 또 우리가 명상에 대해서 인내하고 그 길을 찾는다면, 명상은 우리에게 가치를 밝혀주는데 도움이 될 것입니다.

명상은 사색하는 한 방식입니다. 여기에 명상의 의미가 있습니다. 명상은 탐구하는 것도 아니며, 체계를 세우는 것도, 계산하는 방법도 아닙니다. 명상은 반성적 사색입니다. 현대와 같은 시대에 우리는 특별히 반성적 사색을 할 필요가 있습니다. 우리는 우리 자신의 가치와 타인의 가치에 대해서 눈을 넓게 뜰 필요가 있고 가장 높은 의미에 있어서 정의로와야 하고 또 그러기 위해서는 자기 자신의 방식대로 사색하고, 자기 자신의 생활을 할 수 있는 권리를 타인에게 자유로 허락해줄 필요가 있는 것입니다.

명상은 이렇게 모색을 일삼고 결론을 내리지 않으며, 또 독단에 대한 반성을 포기하여 명상을 배반하는 오만한 사람이 있음에도 불구하고 언제나 결국에 이르러서는 다시 명상으로 향하는 길 밖에 없는 것입니다.

과학은 우리를 구제할 수 없으나 명상은 우리를 구제하는 또 하나의 방법입니다.

명상은 채워지는 법이 없습니다

정결한 목소리로 경문을 읊고 있는 네 사람이 있었습니다. 그 곳은 아주 조용한 분위기였고 속세를 벗어난 듯한 초연한 자세, 그 몸가짐은 삶을 포기한다는 생각이 아니라, 그저 세상 일에는 무관하다는 듯한 태도를 보이고 있는 사람들이었습니다. 단지 이들에게는 세상 밖의 생활이 맞지 않을 뿐이었습니다.

비록 낡은 의상이기는 하나 깨끗이 단정하게 입고 근엄한 용모와 위엄있는 태도를 보이는 이들의 자세야말로, 아마 당신들이 그 곁을 지나치게 될 경우 절대로 한눈 한 번, 그 바른 몸가짐을 헝클어 뜨리지 않는 단정한 사람들이었습니다.

하지만 그들이 경을 읽기 시작하자 근엄했던 얼굴에는 곧 움직임이 나타났고 감정에 기울기 쉬운 젊은이들처럼 홍안으로 변하면서 경구를 읽는 특유의 몸가짐을 하기 시작했습니다. 또 억양의 강약이나 소리의 높낮이를 구별해 나가는 모습에서 아주 오랜 고대의 언어적 풍취가 느껴졌습니다.

그 사람들의 말씨며 음율, 나타내고자 하는 몸짓에는 시대의 변화가 없는 듯 했습니다. 조용히 읊는 구절의 음율과 음폭은 옛 그대로를 닮아 있었습니다. 현대의 타악기나 현악기가 지닌 악기의 소리와는 사뭇

달랐습니다.

　그들이 들려주는 목소리는 음의 높고 낮음, 느리고 가파른 음폭은 아득한 시대와 사용에 따라 거룩하게 되었던 그런 분위기를 되살려 주고 있었습니다. 그 읊조리는 구절은 완전한 문체였고 언어상으로도 완벽했습니다. 낭랑하게 경 읽는 소리가 높은 돌담을 넘어 정원을 넘나들면서 듣는 사람의 폐부를 꿰뚫고 있었습니다.

　그것은 무대 위에서 부르는 가수의 노래와 같은 음색이 아니었으며 완벽하면서도 옛 정취를 자아내는 침울이 내재하여 있었습니다.

　어느 누구라도 낭랑하게 들려오는 그 소리에 어쩔 수 없이 자신이 빨려들어가고 있음을, 뼈 속까지 흔들어 놓는 깊은 소리에 마음과 영혼을 풀어놓게 될 것입니다. 아무리 완전하게 침묵을 지키는 자세를 취하려고 해도 자신도 모르게 그 음률에 붙들리게 되면 생명력 넘치는 격변을 불러일으키면서 춤을 추듯이 마음에 와 닿아서 심연의 골짜기로 몰고 갈 것입니다.

　세상사에 휩쓸리지 않은 고고한 자세로 자신의 내면을 표출하는, 명성이나 청중의 갈채도 없이 아주 심오하고 아름다운 음률을 갖고 있는 소리였습니다. 바로 그런 음률이야말로 음악이 갖고 있는 모든 소리를 표현할 수 있는 화음이 아니겠습니까.

　맨 앞자리에는 전혀 미동도 보이지 않은 채 아주 진지하게 앉아 있는 한 소년이 상체를 꼿꼿이 세우고 두 눈을 지그시 감고 앉아 있었습니다. 그림자 같은 자세였습니다. 그렇다고 소년은 잠든 것도 아니었으며, 한 시간쯤 뒤에는 재빠르게 자리에서 일어나 다소의 주저함이나 망설임도 없이 밖으로 나가 버리는 것이었습니다.

그 소년도 다른 사람들과 같은 감정을 느끼고 있었던 것이 분명합니다. 소년의 가슴 속 깊이 그런 음률의 오묘한 소리가 가득 담겨져 있는 것 같았습니다.

여러분들도 그와 같은 자리에 있었더라면 두 시간 남짓 걸리는 좌선에 전혀 지루함을 느낄 수 없었을 것입니다. 움직이기도 싫고, 세상사의 복잡함도 없고, 늘 돌아보는 삶의 떠들석거림이 없는 영혼의 들판에서 당신은 고요와 침묵의 소리를 맛보았을 것입니다.

그런 사이에 경 읽는 소리는 약속이나 한듯 조용히 멈추어 버렸습니다. 하지만, 그 소리의 여운은 며칠 동안이나 사람들의 가슴 속에 가득히 남아 있을 것입니다.

얼마 후에 네 사람은 간단한 의식을 끝낸 다음 모인 사람들을 향해 정중하게 인사를 하였습니다. 그들의 말에 따르면, 경을 읽는 연습을 무려 십여 년 동안이나 되풀이해 온 것이라고 했으며, 세상 사람들은 이 사원을 가리켜서 자기 희생과 인내의 장소라고 말한다는 것이었습니다. 이것은 사라져 가는 인간 창조의 예술이기도 했습니다.

전설같은 사원에서 경 읽는 일에 자신의 삶을 기꺼이 바칠 수 있는 사람을, 오늘날 이 세상 어느 곳에서도 찾아볼 수 없을 것입니다. 명예가 있거나 돈이 따르는 것도 아닌데, 누가 그런 고통스러운 작업에 참여하려고 하겠습니까?

그들 네 사람은 자신의 노력으로 하여 사람들이 감명을 받을 때 제일 기쁘다고 말했습니다.

이들은 비록 가난하기는 하나 속세의 소란스러움이나 잔인함과 탐욕의 세계와는 거리가 먼 은둔의 세계에서 자신들의 길을 찾고 있는 예외자인 것입니다.

강물도 그들의 소리를 듣고 아무런 표현도 없이 묵묵히 흘러가는 침묵을 배우고 있을 뿐이었습니다.

죽음

삶 속에는 하나의 리듬이 있다.
그러나 죽음에는 리듬이 없다.
죽음은 권태를 느낀 자
피곤한 자
괴로워하는 자의 최후의 안식이다.

죽음이라는 것은 미래가 없는 어둠이다.
이미 과거는 지나가 버렸다.
그리하여 미래조차 잊어버려야 한다.
죽음 앞에서 모든 것은 완벽하다.
죽음을 맞이할 때 비로소 당신은 자유로워진다.
하나의 삶을 정말로 사람답게 살았을 때
인간은 죽음으로부터 자유로워질 수 있다.

인간은 죽기 위해서 생명을 얻은 것이 아닙니다

인간은 죽기 위해서 태어난 것이 아닙니다. 삶을 살기 위해서 태어난 것입니다. 이 지상에 영원한 자는 아무도 없습니다. 우리들 모두는 미래의 진보를 위해서 협력할 수 있습니다.

슬픔 뒤에는 기쁨이 찾아옵니다. 인류는 하나의 인간에 비유할 수 있을 것입니다. 다시 일어서기 위해서는 멸망하지 않으면 안 됩니다. 믿음을 갖기 위해서는 부정하지 않으면 안 됩니다. 자기를 발견하기 위해서는 실망하지 않으면 안 됩니다.

그리하여 암흑 뒤에 빛의 시대가 도래하는 것입니다. 그런 까닭에 우리들은 희망을 믿고 보다 아름다운 좋은 내일을 위하여 일하는 것을 결코 중단해서는 안 됩니다.

죽음은 삶의 일부입니다

우리의 생을 통하여 가장 많은 호기심을 지니고 있는 것은 죽음에 대한 해답입니다. 죽음은 생존의 마지막이며 가장 위대한 체험이기 때문입니다. 왜냐 하면 모든 인식과 체험 속에서 우리가 기꺼이 생명의 마지막 순간을 던지는 것은 인생의 가장 큰 의미입니다.

죽음의 고통 역시도 하나의 인생 과정으로서 출생의 고통 못지 않다고 할 수 있겠습니다. 때때로 우리는 이 두 가지를 혼동하며 삶을 영위하고 있습니다. 죽음 때문에 우리의 삶은 보다 깊고 섬세합니다.

죽음은 생보다 더 중요합니다

생은 하찮은 것, 표면적인 것에 불과합니다. 그러나 죽음은 깊은 내면의 세계가 있고 의미가 있습니다. 그러므로 인간은 죽음을 통해 진실한 삶으로 자신을 성장시킬 수 있습니다. 하지만 생을 통해 도달하는 것은 죽음일 뿐, 그 죽음 외에는 아무런 의미도 없습니다.

우리가 생이라고 부르고 있는 것은 죽음으로 가고 있는 여행에 불과할 뿐입니다. 그러므로 당신의 일생은 하나의 여행이며, 그 외에는 아무것도 아니라고 이해될 수 있을 때, 비로소 당신은 생에 대한 흥미에서 차츰 죽음에 대해 관심을 갖게 되는 것입니다. 그렇지 않으면 당신의 생이란 표면 위에 떠돌고 있는 구름이거나 바람일 것입니다.

죽음을 통해 생의 존재를 증명할 수 있습니다

명상은 내적인 심화이며, 내적인 침잠, 내적인 하강, 표면으로부터 떨어져 나가 심연으로 들어가는 길입니다. 물론 그 심연은 깊고 어둡습니다. 표면을 떠나는 순간 우리는 죽음과 같은 어둠, 즉 혼돈과 만나게 됩니다. 그것은 생의 표면을 자기 자신이라고 간주해 왔기 때문입니다.

수면의 파도는 단순한 수면의 파도가 아님을 이해하여야 합니다. 그 수면의 파도처럼 우리 자신은 죽음에로 서서히 동화되어 가고 있을 뿐입니다. 그러므로 우리 자신은 수면의 파도에 불과합니다. 우리가 수면을 떠날 때, 우리는 단순히 수면을 떠나는 것이 아니라는 사실을 이해하여야 합니다.

그것은 우리가 자기 자신으로부터 생의 존재와 그 증명으로부터 영원히 떠난다는 것을 의미합니다. 그리하여 우리는 죽음의 문으로 들어서게 되는 것입니다. 그리고 우리가 의식적으로 죽음을 맞아들이고 죽음의 공포로부터 벗어날 수 있을 때 비로소 우리는 생의 진실을 발견할 수 있는 것입니다.

죽음을 기다릴 수 없습니다

당신은 죽음을 기다릴 수 없습니다. 또한 기다릴 필요도 없습니다. 왜냐하면 죽음은 항상 존재하기 때문이며, 그것은 먼 미래에 일어나는 것이 아니며, 우리들이 스스로 만들 수 있는 외부의 것도 아닙니다. 그 것은 우리 인간의 내부에 있는 또 하나의 문門인 것입니다.

좀 더 죽음과 깊은 관계를 가져보기 바랍니다. 그리하면 죽음이 우 리와 얼마나 가까이 있다는 것을 깨달을 수 있습니다. 생을 사랑하고 있다는 것은 번뇌입니다. 그리고 죽을 준비가 되어 있다는 것도 왠지 모르게 우리를 부자연스럽게 만듭니다. 물론 죽음 자체는 가장 자연스 러운 것의 하나이지만, 죽을 준비가 되어 있다는 것은 쉽게 납득할 수 없는 일로 간주됩니다.

즉, 당신이 언제든지 죽을 각오가 되어 있다면, 그 각오가 있다는 것 자체가 당신을 불사不死로 만듭니다.

죽음 때문에 우리의 삶은 더 깊고 섬세합니다

이성적인 사람에게 있어서의 대지大地란 인간만이 마음대로 향유하라고 주어진 자연의 은총이라고 생각하여야 합니다. 한편 그러한 사람이 가장 두려워하는 것은 죽음, 즉 자신의 삶과 생활의 무상에 대한 깊은 불안감입니다. 또한 그러한 사람은 죽음에 대해 생각하기를 회피하여 그와 같은 생각 속에서 벗어나기 위해 보다 현실적인 생활로 자신을 서슴없이 도피시킵니다. 그리고는 죽음에 저항하여 두 배의 노력을 기울여 재물이나 인식, 법칙, 합리적 세계의 지배를 추구하는 데만 열을 올립니다. 하지만 이미 삶 앞에 내디딘 발걸음과 모든 인간이면 누구나 겪어야 하는 죽음을 우리는 더 이상 망설이거나 후회해서는 안 됩니다.

죽음은 생의 열매입니다

인간은 불행하게도 서서히 조금씩 죽어가는 존재입니다. 이제 삶을 이루고 있는 모든 것들이 순간순간 작별을 고하고 있습니다. 이것이 바로 죽음의 모습이며 형체입니다.

우리가 사랑하는 사람을 잃었을 때 죄초의 자연스러운 대답은 슬픔과 고통의 눈물입니다. 죽은 사람에 대한 비애나 고통은 살아 있는 우리에게 오히려 위안을 줄 뿐 죽은 사람과는 같을 수 없습니다.

그러므로 우리가 죽은 이에게 드릴 수 있는 마지막 기회란 어떠한 재물이 아니라, 우리의 마음 속에 그에 대한 올바른 기억과 회상을 지니고 사랑했던 그 존재를 다시 재건하는 것이 아름다운 보상입니다.

우리가 이와 같은 추모와 마음의 안식을 갖는다면 죽은 사람은 늘 우리 곁에서 새로운 삶을 계속하고 있는 것이나 다름없으며, 그에 대한 슬픔이나 고통은 승화되어 생의 열매가 됩니다.

죽음은 커다란 행복입니다

죽음은 커다란 행복입니다. 첫 사랑의 성취만큼 큰 행복이라고 생각되어집니다. 우리를 무無와 같은 순결 속으로 인도해 주는 것이 어머니와 같은 죽음입니다. 우리는 죽음에 대항할 필요를 느끼지 않습니다. 그러나 분명한 것은 죽음에 대한 두려움입니다. 하지만 이 두려움은 우리가 치유할 수 있는 것 중에 하나입니다.

명상을 통해 죽음에서 해방될 수 있습니다

생보다도 죽음 쪽에 관계를 갖고 있는 사람은 생의 마지막 문을 의식으로 통과하게 됩니다. 그것은 명상에 의해 가능하다는 것입니다. 그러나 우리는 죽음을 기다릴 수 없습니다. 또한 기다릴 필요도 없습니다. 왜냐하면 죽음은 항상 존재하기 때문에 먼 미래에 일어나는 것이 아니며, 우리들 스스로가 관여할 수 있는 외부의 것도 아닙니다. 그것은 인간의 내부에 있는 또 하나의 문인 것입니다.

죽음을 사실로 받아들이고, 그것을 느끼고, 그것을 의식하게 되면, 그 즉시 당신은 내적인 문을 통해 자신으로부터 해방될 수 있습니다. 그때 그 죽음의 문을 통해서 영원한 생을 찾을 수가 있는 것입니다. 달리 생을 찾을 수 있는 방법이 우리 인간에게는 없습니다. 따라서 명상에 의해 알 수 있다는 것은 다름아닌 의식적인 죽음뿐입니다.

죽음은 항상 우리와 함께 있습니다

우리는 죽음에 대해서 어떠한 관심을 보여줄 수 없습니다. 뿐만 아니라, 우리는 그 죽음으로부터 도피하고 있습니다. 끊임없이 그 죽음에서 자신을 도피시키고 있는 것입니다. 그런데 죽음은 바로 곁에 함께 있습니다.

인간은 순간마다 죽어가고 있습니다. 죽음은 아득히 먼 곳에 있는 것이 아닙니다. 죽음은 변함없이 우리 곁에 있습니다. 우리는 죽어가고 있는 것입니다. 죽어가고 있으면서도 우리는 삶에 구애를 받고 있습니다. 그렇듯 생에 구애 받는 것, 생에 지나치게 구애 받는 것은 하나의 도피이며, 단순한 자기 속임에 불과할 뿐입니다. 죽음은 우리의 내면 깊숙히 있고, 변함없이 함께 있습니다.

죽음은 잠과 같은 얼굴을 하고 있습니다

잠을 작은 죽음과 같다고 합니다. 순간의 잠과 영원한 죽음은 같은 얼굴을 하고 있습니다. 또 잠은 어둠과 침묵과 후퇴의 시간을 뜻합니다. 어두운 심연 속에서 잠은 신선한 내일을 준비하지만, 죽음은 권태를 느낀 자, 피곤한 자, 괴로워하는 자의 최후의 안식처입니다. 또 죽음은 새로운 세대를 통해서 신생新生의 길을 준비합니다.

죽음은 열려 있는 문門과 같습니다

죽음이란 표면적인 생, 보잘 것 없는 삶으로부터 열려 있는 문과 같은 모습입니다. 우리의 생에는 많은 문이 닫혀 있습니다. 그 생의 문을 하나씩 빠져 나올 때마다 또 다른 생과 만나게 되는 것입니다.

보다 깊고 영원한 생, 죽음이 없는 생, 불사不死의 생, 그러므로 실제로 죽는 것 이외의 아무것도 아닌 이른바, 생이라고 일컬어지는 것에서 사람은 죽음이라는 문을 빠져 나가야 하는 존재입니다.

그때 비로소 인간은 진실로 실존적이며 활동적인 불사의 생에 도달하는 것입니다. 그러나 그 생의 문은 매우 의식적으로 통과해야 하는 고통이 따르게 마련입니다.

사람은 죽을 때 반드시 무의식이 됩니다. 인간은 죽음을 몹시 두려워하고 있으므로 죽음이 찾아오는 순간 무의식이 되는 것입니다. 그 순간 인간은 무의식 상태에서 생의 마지막 문을 통과하는 것입니다.

그 심연의 세계가 있은 후, 우리는 두 번 다시 죽음과 관계를 갖지 않습니다.

시간이 멈추어 버린 곳에 죽음이 있습니다

생을 박탈 당하는 것이 죽음입니다. 순간순간마다 우리는 생명을 잃고 있습니다. 생은 마치 모래 속의 작은 모래알과도 같습니다. 그 모래알은 끊임없이 밑으로 떨어져 나가지만, 우리는 그것을 어떻게 할 방법이 없습니다. 그 과정은 자연의 순리입니다. 누구든지 그것을 거부할수 없는 절대적인 힘이 작용하고 있습니다.

시간이란 정지시킬 수 없는 것, 막을 수도 없는 것, 돌이킬 수 없는 영원한 흐름입니다. 그것은 일차원적인 것이며, 두 번 다시 되돌아 오지 않는 것입니다. 그리고 궁극적으로는 시간의 흐름 그 자체가 죽음입니다. 시간을 잃기 때문에 우리는 죽는 것입니다.

어느 순간에 시간의 모래알이 떨어져 나가고, 우리는 공백 상태로 남게 됩니다. 시간이 멈추어 버린 곳, 거기에서 죽음이 우리를 기다리고 있습니다.

생을 사랑하고 있는 것은 죽음의 번뇌입니다

생을 사랑하고 있는 것은 번뇌입니다. 그리고 죽을 준비가 되어 있다는 것은 왠지 모르게 우리를 부자연스럽게 만듭니다. 물론 죽음 자체는 가장 자연스러운 현상의 하나이지만, 죽을 준비가 되어 있다는 것은 쉽게 납득할 수 없는 의문으로 간주됩니다.

그러나 만일 당신에게 죽을 각오가 없다면 그 자체가 산다는 것에 대한 지나친 집착과 욕망에서 비롯되는 과오입니다. 그러한 현상이 우리를 죽음으로 몰고 가는 이정표를 세웁니다.

만일 당신이 생을 지나치게 사랑한다면, 당신은 죽음에게 감금 당하게 될 것입니다. 살아있다고 하더라도 죽음과 동일한 것이 삶의 여정입니다. 그러므로 생에 대한 번뇌로 채워져 있는 사람은 죽은 사람입니다.

죽음과의 만남

죽음의 신이 높이 앉아서 눈에 보이지 않는

가는 줄 생生으로부터 사정없이 우리들은 낚아 올린다.

현명하게 노력을 해도 어쩔 수가 없다.

죽음의 신은 집요하고, 그의 미끼는 마법처럼 유혹한다.

사신死神의 낚시바늘을 삼킨 자는 모래밭이나 수렁 속에서

온갖 방법으로 시험 당할지 모른다.

그러나 사신이 앉아 있는 곳은 인간들 가운데 있으며

만일 줄이 끊어져도 우리는 살 수가 없다.

당신은 어떻게 죽으며

어떻게 죽음 속에 머무를 수 있는지를 모른다.

'도대체 나는 어디로 가는 것일까요?'

생을 버릴 때 죽음으로부터 해방될 수 있습니다

죽음이야말로 우리의 절대적인 유일한 공포입니다. 어떠한 형태를 취하던 죽음의 공포야말로 기본적인 공포인 것입니다. 그러나 일단 당신이 죽음에 대한 준비가 되어있다면 거기에는 어떠한 공포도 있을 수 없습니다. 그리고 죽음의 공포가 우리의 삶과 의식 속에 있어야 비로소 새롭게 개화開花할 수 있는 것입니다. 그러므로 죽음과 생은 같은 것입니다.

완전한 생을 얻는다고 해도 죽음은 찾아옵니다. 한편 죽음의 문을 통과한 사람에게는 영원한 연속성, 시간을 초월한 연속성이 있습니다. 그러므로 생에 대해 구애를 받지 말아야 합니다. 자기 자신의 생에 대해서 너무 집착해서는 안 됩니다. 생에 대한 관심이 없어진다면 그때 우리는 죽음조차 바라지 않게 됩니다.

종교

성자란
넓은 사막과 같다.
그래서 그들의 내부는
작은 오아시스와도 만날 수 없을 만큼 공허하다.

성자란
죽음 같은 것
때로는 심연처럼 어두운 존재다.

종교란
모든 존재가 사원이고
삶 전체가 예배이어야 한다고 가르친다.

종교는 인생의 불안정과 고독과 비극에 대한 해답입니다

우리 인간은 종교를 갈망하고 있습니다. 그렇지 않다면 자기 자신의 관념, 자기의 사고방식, 자기 인생의 경험과 반대되는 신념을 믿으려고 하지 않을 것입니다. 또한 마술을 만드는 성직자들이 인간의 정신을 모욕하는 따위의 말이나 교리를 만들려고 하지 않았을 것입니다. 한편으로는 우리 인간에게 아무런 의미가 없는 종교라는 형식과 환상을 여러 세기 동안 계속해서 반복해 왔을 리가 없었을 것입니다.

우리가 살아오면서 느끼고 행하고 있는 형식과 관념은 현대의 역사와 환경과는 아주 멀리 떨어진 옛날 사람들의 관념을 표시한 것들입니다. 이 진리는 인생의 불안정과 고독의 비극에 대한 최후의 대답이었습니다. 하지만 그 대답의 성질은 그리 중요한 것이 아니었습니다. 우리는 그것을 이해하지 못할지 모르지만, 그것은 종교의 근본에 있는 신비입니다.

종교는 죽음까지 사랑하는 능력입니다

황혼과 더불어 성난 바람은 자고 돛을 내릴 때가 되었습니다. 내일 또 다시 항해를 계속하기 위해서 돛을 올리지 않으면 안 된다는 일상을 알고 있습니다. 나의 운명에 복종하기 위해서 하늘 밑에서 싸우지 않으며 안 된다는 것을 알고 있습니다. 그리하여 인내의 이름으로 돛을 올리고 희망의 이름으로 운전대를 잡습니다. 내일 신이 지시하여 주는 항로에 이유를 물을 것도 없이 복종하지 않으면 안 됩니다. 그의 뜻대로 우리들에게 보내주시는 폭풍우와 싸우지 않으면 안 됩니다.

아침과 대낮은 이미 멀리 가 버리고 나의 나그네길은 종말이 가까웠습니다. 그런데도 신이 나를 위해서 정해준 항구를 모르는 것입니다. 내가 영원히 그 돛을 내릴 때 나의 마음은 부끄러움으로 떨고 있을 것입니다. 나의 배에는 아무런 보물도 싣지 않았기 때문입니다. 아마 그때서야 나는 그 짧은 여행의 숨은 의미를 이해하게 될 것입니다.

이제 나는 맞바람에도 불구하고 항해하였으며 운명을 좇아서 바다를 건넜습니다. 그리하여 나는 이 생명을 더없이 사랑하게 되었습니다. 그런 까닭으로 하여 신이여! 죽음조차 사랑하게 하여 주십시오.

생명을 가지고 살아 있는 것은 모두 창조자입니다

우리는 생명의 유래를 알 수 없습니다. 어디서 와서 어디로 가는 지를 알 수 없습니다. 철학자나 과학자, 신학자들도 이 물음에 대해서 만큼은 대답할 수 없습니다. 물론 대답할 수 있다고 단순히 생각하는 사람이 없는 것은 아닙니다. '존재에 도달하지 못하는 이 생명의 능력은 어디서 와서 어디로 가는 것인가?' 생명은 우주의 신비입니다. 생명은 하나의 에네르기이며, 이 에네르기는 스스로 증가하며 그 과정에서 새로 변화하는 형식의 무한한 체계를 건설하게 되어 놀라운 재능을 가진 동물에까지 도달하는 것입니다.

만일 우리가 이것을 에네르기라고 칭찬한다면, 이 에네르기는 우리가 알고 있는 다른 에네르기와 여러 가지 이상한 차이가 있음을 발견할 것입니다.

생명을 가지고 살아 있는 모든 것은 모험적인 창조자입니다.

신 앞에서 인간은 예비동작에 불과합니다

종교는 대다수의 사람들에게 있어서 하나의 옛날 이야기와 같은 존재로 취급되기도 합니다. 말과 의식은 장엄하지만 의미는 대수롭지 않는 이야기뿐입니다. 주일날이 되면 설교대에서 행사처럼 치루어지는 도덕적 교훈이나 또는 의식 정도로 생각합니다.

우리 인간은 어느 누구를 운명적으로 결정된 자리를 가지고 있다는 이론에 대해서는 별로 신뢰감을 갖지 않습니다. 오로지 생존 경쟁만이 인간의 삶의 수단이며 법칙으로 믿고 있는데, 어떻게 그런 것이 존재할 수 있다는 말인가 하는 의문이 종교를 무시하려고 하는 속성을 가지고 있습니다. 그로하여 인간의 끊임 없는 다툼의 행동이 지상에 머물러 있는 것입니다.

성자란 죽음 같은 것, 때로는 심연처럼 어두운 존재입니다

모세나 마흐메트는 단음單音입니다. 하모니(조화)하지 못합니다. 또 심포니(교향적)하지도 않습니다. 단음은 그 나름대로의 아름다움이 있습니다. 간결한 아름다움, 하지만 너무나 단조롭습니다.

예수 그리스도, 그는 어느 누구보다도 깊은 공감을 가지고 있습니다. 그는 인간의 모든 고통과 괴로움을 나누어 가집니다. 그의 곁에서 십자가를 대신 짊어져 주고 싶을 정도로 고독합니다.

그는 정말 슬퍼보입니다. 온 인류의 불행을 혼자서 짊어지고 있습니다. 그래서 그는 웃을 수가 없습니다. 그는 너무 착하고 선량합니다. 사랑 때문에 불행한 거의 인간적이 아닐 만큼 선량합니다. 아직도 그는 십자가를 짊어지고 있습니다.

석가모니 – 불타, 몇 세기에 걸쳐, 몇몇 생애에 이르기까지 어느 누구보다도 신비로운 아름다움을 지니고 있습니다. 웅장하도록 아름답습니다. 그러나 그는 땅 위에 존재하지 않습니다. 그는 땅 위를 걷지 않습니다. 그는 하늘을 날으며 발자국 하나도 남기지 않습니다. 그의 뒤를 쫓을 수도 없습니다. 우리는 결코 그의 거처나 있는 곳을 알지 못합니다. 그는 구름과 같습니다.

　이따금 당신은 그를 만날 수도 있습니다. 그러나 그것은 우연에 의해서 입니다. 그는 너무나 세련되어 있어서 도저히 이 땅에 뿌리를 내릴 수 있습니다. 그는 고차적인 극락에서만 어울리는 이름입니다.

　노자老子는 말은 늙은이라는 뜻입니다. 그 말은 그의 이름이 아닙니다. 누구도 그의 이름을 모릅니다. 그만큼 그는 이름이 없는 사람입니다.

　누구 하나 그가 언제 어디서 태어났는지도 모르고, 어떤 부모로부터 낳아졌는지도 모릅니다. 또 아버지가 누구인지, 어머니가 누구인지, 어느 누구도 그에게 신경을 쓰지 않았기 때문입니다. 더구나 그는 90세까지 살았다고 합니다. 그리고 그와 만남을 가진 것은 아주 소수의 사람들 뿐이었습니다.

　그를 이해하는 남다른 눈과 남다른 지각을 가진 아주 드문 사람들, 세상에서도 몇 몇 사람들 밖에는 그를 알아보지 못했습니다. 어쩌면 그토록 예사로운 사람, 그러나 실은 이 세상에서 드문 인간정신을 소유한 사람이었습니다.

　우리들이 노자를 이해하려면 무엇보다도 자기 자신의 마음을 바꾸지 않으면 안 됩니다. 노자는 우리의 삶에 더하고 보태는 아무것도 없습니다. 우리의 삶을 그대로 투영하고 있을 뿐입니다.

아우구스티누스의 「참회록」을 읽어보시기 바랍니다. 성인이 되기 위해 온 생애를 바쳤는데도 그 마지막에는 죄의 인식이 생각나게 됩니다. 성인이 되려고 하면 할수록 당신은 자신의 죄에 둘러싸여 있다는 것을 느끼게 될 것입니다.

선량해 지려고 노력해 보십시오. 그러면 당신은 자기가 얼마나 악인인가를 느낄 것입니다. 사랑으로 충만된 사람이 되려고 노력해 보십시오. 그러면 당신은 미움이나 노려움, 질투나 소유욕에 부딪치게 될 것입니다.

아름다운 사랑으로 삶을 가꾸어 보십시오. 당신은 자기 자신이 얼마나 추한 존재인가를 더욱 자각하게 될 것입니다. 이율배반을 떨쳐 내고 정신분열적인 태도에서 벗어나 소박한 심정으로 남아있을 때, 당신은 자기 자신이 누구인지도 모르는 경지에 도달합니다.

니체라는 비극적 철학자는 인간 존재의 내부에 지닐 수 있는 가장 민감한 감정을 표출한 사람들 중에 하나입니다. 그는 말했습니다.

"하늘에 닿기를 바라는 나무는 땅 속 가장 깊은 데까지 가지 않으면 안 된다. 그 뿌리는 깊게 바로 지옥까지 가 닿지 않으면 안 된다. 그래야 비로소 그 가지가 그 봉우리가 천국에 닿게 되는 것이다."

그 나무는 지옥과 천국의 양쪽에 닿지 않으면 안 됩니다. – 높이와 깊이의 양쪽에 – 그리고 같은 의미의 말을 지난 인간의 실존에 대해서도 설명할 수 있습니다.

당신은 어떤 형태로든 악마와 신을 숙명적으로 만나지 않으면 안 됩니다. 악마를 무서워하면 삶을 포기하는 것과 같습니다. 그렇지 않으면 당신의 신은 가난한 신으로 남을 것입니다.

종교는 이율배반적인 얼굴을 하고 있습니다

종교가 깊은 내부에서 분열적인 증세를 보이고 있습니다. 그들은 나누기를 좋아합니다. 그들은 '신은 선하다'고 말합니다. 그렇다면 악은 모두 어디로 보낸 것일까요? 신은 오로지 선할 뿐입니다. 그리고 신은 악할 수가 없다고 말합니다. 하지만 인간은 악에 가득 차 있습니다. 그 악을 모두 어디로 보내야 하는 것일까요? 거기에서 악마가 만들어졌습니다. 신을 만든 바로 그 순간에 당신은 악마를 만든 것입니다. 이것이 바로 종교의 얼굴입니다.

주여! 당신은 내 삶의 마지막 순례지입니다

주여! 당신은 내 삶의 마지막 순례지입니다.

나라에서 나라로 순례하였습니다.

주여! 나의 고향을 찾게 하여 주시옵소서.

너무나도 많은 오솔길을 헤매었습니다.

주여! 참다운 길을 가리켜 주옵소서.

이미 나의 걸음은 지쳐 있습니다.

주여! 당신 곁에 머물러 있게 하여 주옵소서.

나의 두 손은 허무하게 묶여 있습니다.

주여! 당신의 사랑의 불로 따뜻하게 하여 주옵소서.

누구도 건네주지 않는 손을 나는 구했습니다.

주여! 기다리고 있는 말을 주옵소서.

아아, 나는 거만하였습니다.

주여! 겸손한 모든 것을 가르쳐 주옵소서.

아아, 나는 정욕에 눈이 어두웠습니다.

주여! 당신의 은총으로 비춰주옵소서.

어떠한 속박도 나는 승락하려 하지 않았습니다.

주여! 당신의 멍에를 씌워주십시오.

나는 사랑을 모르는 자입니다.

오오, 주여! 자비를 베풀어 주옵소서.

아직도 나는 가난한 자입니다.

미래의 종교는 미래만이 보여줄 수 있습니다

미래의 종교는 이해의 종교가 될 것입니다. 미래의 종교는 느끼는 조용한 탐구적인 기쁨을 북돋우고 도처에서 발견되는 우주의 깊이와 높이를 탐구할 것입니다.

미래의 종교는 이러한 지식을 인류와의 관계를 새롭게 세울 것입니다. 하나의 인류를 하나의 자연과 결합시킬 것입니다.

미래의 종교는 모든 혼란을 인식하고 그것을 넘어설 것입니다. 우리에게 기쁨을 주는 방법과 우리를 건전케하는 방법을 미래의 종교는 알고 있을 것입니다. 그것은 용기와 힘으로써 생명력이 약동할 것입니다.

미래의 종교는 여러 나라 국민에게 여러 가지 언어로 이야기할 것입니다. 독단적이 아니기 때문에 국민들을 분열시키지는 않을 것입니다. 그것은 자유로 자랄 것입니다.

미래의 종교는 신성의 개념을 확대시킬 것입니다. 그것은 일체에 내재하는 신이며, 우리는 이 일체 속에 속합니다.

미래의 종교는 제사와 큰 향연을 가질 것입니다. 시와 예술을 가질 것입니다. 인간의 일생에 있어서 기념할 만한 일이라든가 전환점이 되는 일. 탄생과 죽음과 결혼과 그밖의 기쁨과 슬픔의 시간을 새로운 빛깔로 장식할 것입니다.

미래의 종교가 가르치는 도덕의 기초는 영원한 진리에 뿌리를 박고 있을 것입니다. 예를 들면 인간 생활에 중대한 의미를 지니는 시간의 한결 같은 방향이 될 것입니다.

미래의 종교는 새로운 요소가 필요합니다. 인간의 정신을 사로잡는 모든 종교와 마찬가지로 그 비결을 가지고 있을 것입니다. 그 비결은 위대한 예언자의 직관입니다.

미래 종교의 비밀은 미래만이 드러낼 수 있습니다.

천국의 문

어느 날 한 성자가 천국의 문을 두드렸습니다. 그러자 때를 같이 하여 한 죄인도 문을 두드렸습니다. 성자는 그 죄인에 대해서 잘 알고 있었습니다.

그 사람은 같은 동네 바로 이웃에 살고 있었습니다. 그리고 그들은 같은 날에 죽었습니다.

문이 열리자, 문지기 성 베드로는 성자를 쳐다 보지도 않고 죄인을 반갑게 맞아들였습니다.

이에 성자는 아주 기분이 상했습니다.

"응? 죄인이 환영을 받다니, 일이 이상하군!"

그는 성 베드로에게 따졌습니다.

"이게 어찌된 일이오? 나를 화나게 만들 작정이오? 모욕할 생각입니까? 무슨 까닭으로 나를 들여보내 주지 않는 겁니까? 죄인은 저토록 대환영으로 맞아주면서 말이오."

이에 성 베드로가 말했습니다.

"바로 그렇기 때문이라오. 당신은 기대를 하고 있어요. 그는 기대 같은 건 하지도 않고 있소. 그는 천국에 온 것을 그저 고마워하고 있을 뿐이지요. 저 사람은 하느님의 은혜를 겸허하게 느끼고 있어요. 하지만,

당신은 천국에 오게 된 것이 자기의 노력 때문이라고 생각하고 있습니다. 그것을 당신은 스스로 쌓은 업적이라고 믿고 있단 말입니다. 그런 업적 따위는 모두 자만심에 지나지 않아요. 저 사람은 겸허하오. 그는 자기가 천국에 온 것 조차도 믿지 않는다오."

톨스토이 인생론

행복한 삶으로의 여행

명언

성인의 생활은 다음과 같은 이야기를 떠올리게 한다.
어떤 노인이 꿈 속에서 생활에 지쳐 거의 죽게 된 걸인이
천국과 같은 좋은 곳에 있음을 보았다.
그래서 묻기를
이렇게 기진맥진한 걸인은 아무런 가치가 없는데
어째서 이와 같은 큰 행복을 누리냐고 했더니
그 대답은 이러했다.
"이 걸인이 살아 있는 동안 어느 한 사람에게도
비방의 행위를 한 일이 없기 때문이라고…"

톨스토이의 명언

● 인생의 목적을 단순히 일신상의 행복이라고 믿고 있다면, 우리의 인생은 견디기 어려운 허망한 나날이 될 것이다. 그러나 우리의 이성, 우리의 심장이 말하듯이, 인생이란 우리를 이 세상에 보내신 분에 대한 봉사라고 생각한다면, 그 순간부터 우리의 인생은 기쁨으로 빛날 것이다.

● 진정한 삶이란 더 나은 사람이 되기 위해 정신력으로 육체를 다스리고 신에게 가까이 다가가는 일이다. 그러나 그것은 쉽게 얻어지는 것이 아니다. 그러기 위해서는 경건한 노력이 필요하고, 그 노력은 우리에게 은총의 기쁨을 준다.

● 우리 인생은 살아 있는 모든 것과 외면적으로 분리되어 있는 것 같지만 내면적으로는 하나로 이어진 통로를 갖고 있다. 정신계의 어떤 파동을 우리가 확연히 감지하지만, 어떤 것은 아직 우리에게 도달하지 않고 있다.

그러나 그 파동은 우리가 모르는 별에서 빛이 전해지고 있듯이 분명 우리를 향해 오고 있다.

● 우리의 생명이 출생과 함께 시작된 것도 아니고, 죽음과 함께 끝나는 것도 아니라는 것을 믿고 있는 사람은, 이를 이해하지도 믿지도 못하는 사람보다 편안한 삶을 살 수 있다.

● 우리가 바라는 이상적인 삶은 자신이 비쳐주는 등불을 앞 서서 들고 가는 사람들과 같다. 그 사람은 절대로 등불이 비치는 곳의 가장자리를 밟을 수 없다. 왜냐하면 불빛은 항상 앞으로 향하기 때문이다.

우리의 이성적인 삶도 그와 마찬가지로 그런 삶에는 죽음이 존재할 수 없다. 등불은 마지막 순간까지 빛나고 있고, 한평생 그랬던 것처럼 고요한 마음으로 그 뒤를 따라갈 수 있기 때문이다.

● 복잡한 세상 속에 살면서 삶의 완성을 바라는 것은 불가능하다. 그렇다고 고독 속에 살면서 삶의 완성을 바라는 것은 더욱 가능성이 적다. 삶의 완성을 위한 가장 좋은 조건은 고독 속에서 자신의 세계관을 정립한 다음 복잡한 세상 속에 살면서 그것을 실천하는 일이다.

● 우리 인간의 삶을 두 종류로 나누어 볼 수 있다. 하나는 진실한 내면적인 삶과 다른 하나는 허위의 외면적인 삶이다. 내면적인 삶은 단순히 외적인 겉모습만으로 살지 않고, 모든 것 안에서 위안을, 즉 신을 찾으

며 자신의 생명이 자신의 만족을 위해 주어져 있는 것이 아님을 신을 통해 깨달을 때 신생新生의 아침을 맞이 할 수 있다.

● 우리가 자신의 인생에 대해 불만을 느끼는 원인은, 우리 인간에게는 어떤 것에도 파괴되지 않는 자기만의 행복을 누릴 권리가 주어져 있고, 그런 행복을 향유하기 위해 태어났다는 전혀 근거 없는 착각에 빠져 있기 때문이다.

이 지상에서 어떠한 것도 비교할 수 없는 기쁨으로 넘치는 인생의 행복이 주어져 있는데, 대다수의 사람들은 행복하지 않다고 불평한다. 또한 우리에게는 영혼과 육체 사이를 교류하는 삶의 힘이 주어져 있는데, 왜 우리의 인생은 이렇게 짧으며, 마침내는 종말을 맞아야 하는가 하는 비판의 말을 한다. 하지만 우리가 사랑을 통해 영혼과 육체의 교류를 인생의 위대한 기쁨으로 이해하고 판단한다면, 우리는 더 이상 아무것도 바라지 않게 된다.

● 우리 인생에게 주어진 삶의 법칙, 신의 법칙을 파괴하는 자에게 그가 바라는 최상의 행복을 주어도 변함없이 불행한 삶을 살지만, 주어진 삶의 법칙을 지키는 것을 행복으로 여기는 사람은 세상의 모든 것을 빼앗아도 행복하다.

● 때로는 영혼의 삶을 믿지 않을 때가 있다. 자신의 생명이 영혼에 있다는 것을 알면서 갑자기 죽음에 두려워질 때가 있다. 이것은 영혼에 대한 불신이 아니라. 육체의 삶을 믿고 있다는 증거일 것이다. 그것은 무엇인가로 하여 머리가 멍해져서 또다시 육체의 삶이 진정한 삶이라고 믿을 때 흔히 일어나는 일로, 마치 연극을 관람하고 있는 사람이 무대 위의 공연을 현실로 착각하고 공포감을 느끼는 것과 유사한 현상이다.

우리의 인생에서도 이와 같은 일이 자주 일어난다. 그러나 그러한 환각의 순간에도 종교적인 사람은 그런 일로 하여 자신의 진정한 삶의 행복을 빼앗길 수 없음을 알고 있다. 우리의 영혼이 피로해지고 침체에 빠지는 시기에는 스스로를 환자로 생각하며 가능한 한 조용한 시간을 갖는 것이 현명하다.

● 우리 인간이 가장 먼저 빠지기 쉬운 유혹은, 인생에 대한 준비라는 유혹이다.

"내가 해야 할 의무와 내 영혼이 요구하는 것을 지금 잠깐 동안 미루는 것은 별 문제가 되지 않을 거야. 왜냐하면 아직은 내 인생에 대한 모든 것이 준비되어 있지 않으니까. 하지만 내 삶에 대한 준비가 끝나면 그때부터 완벽하게 양심적인 생활을 해야지."

사람들은 이렇게 자신을 옹호한다. 이 유혹 속에 깃들어 있는 기만성은 늘 우리를 유혹하고 있다. 그렇기 때문에 우리가 실생활의 현재를 따라 인간에게 속하지 않는 미래 속으로 유혹자인 기만성을 초청한다는 점이다.

이와 같은 유혹에 빠지지 않으려면, 우리에게는 미처 준비할 시간이 없었던 삶, 바로 지금 자신 모습 그대로 최선을 다해 살아야 한다는 것, 그것에 유일한 자기 완성은 사랑의 완성이라는 것, 그리고 그 완성은 오직 현실에서만 이루어질 수 있다는 것을 마음 깊이 새겨야 한다. 그러므로 우리는 언제 어느 때 다른 사람에 대한 봉사가 불가능해지는 순간이 도래할지 알 수가 없으며, 원래 우리 인간은 같은 시대를 살고 있는 사람들에게 봉사하기 위해서 태어났음을 깨닫고, 오늘 당장 신을 위해, 다시 말하면 모든 사람을 위해 살지 않으면 안 된다.

● 오직 완전한 것만이 필연코 완전한 사랑을 받을 가치가 있다는 것을 명심해야 한다. 그러므로 완전한 사랑을 경험하려면 우리의 불완전한 사랑을 완전한 것으로 소유하는 지혜를 갖고 신을 사랑해야 한다.

● 세상을 살면서 주변에서 일어나고 있는 사사로운 일들과 상황에 불만이 느껴질 때는 껍질 속으로 움츠러드는 달팽이처럼 잠시 몸을 감추고 이 세상에서의 자신의 사명에 대해 깊이 생각하고 반성하면서 자신을 이런 상태로까지 몰고 온 삶의 불행이 지나갈 때를 기다리는 것이 현명한 방법이다. 그러면 다시 자신의 인생에서 해야 할 일에 뛰어들 수 있는 용기가 솟아날 것이다.

● 우리 인간은 자신의 행복이 어디에 있는지 알 수가 없으며, 언제 어떻게 다가오는 지 전혀 알 수 없는 미완성의 존재다. 그러나 행복은 우리 자신에게 계시된 신의 법칙을 실천함으로써 가능하다는 것을 확신하게 된다.

● 아무리 신앙을 가지고 있지 않은 사람이라도, 원하든 원하지 않든 간에 신을 인정하고 있다. 그러므로 우리는 자신의 생명 법칙을 인정하지 않을 수 없다.

이처럼 인간이 가까이 다가갈 수 없는 하늘의 존재를 인정하는 것이야말로, 인간의 마음 속에 새겨져 있는 자신의 생명 법칙을 인정하는 것이야말로 신의 존재, 신의 모습이라고 할 수 있다.

● 인간은 자신이 베푸는 사랑이 적으면 고통을 많이 받고, 이와 반대로 사랑이 많으면 고통을 적게 받는다. 우리의 활동이 사랑으로 충만해 있고 완벽한 이성적인 생활에서는 고통을 찾아볼 수 없다. 그러므로 인간의 고통은 자신의 삶과 세상의 삶을 이어주는 쇠사슬을 끊으려 할 때 느끼는 절실한 아픔이다.

● 우리 인간은 자신들이 더 좋은 삶을 살 수 있는데도 잘못된 생활을 하고 있다는 것을 너무나 잘 알고 있다. 그러므로 더 선한 삶을 살 수 있고 또 그렇게 하지 않으면 안 된다는 생각을 잊어서는 안 된다. 뿐만 아니라, 우리는 현재의 삶에 비해 더 나은 삶을 살 수 있다는 것을 믿으면서, 실제로 우리의 삶이 더 향상될 수 있도록 살아가야 한다.

● 과거의 행위가 그 사람의 삶에 아무리 큰 영향을 준다 해도 인간은 자신의 정신력으로 그 삶을 변화시킬 수 있다.

● 사람들은 많은 부를 좇고 있다. 그러나 사람들이 그 돈 때문에 잃어버린 모든 것을 똑똑히 볼 수 있다면, 그때부터는 황금을 얻기 위해서 허비했던 노력을 황금으로부터 해방되기 위해서 쓰게 될 것이다.

● 부유한 자의 커다란 베풂보다도 가난한 자의 적은 베풂이 오히려 참된 자선인 것이다. 일하는 빈자貧者만이 행복을 알 수 있다. 태만한 부자는 이 행복을 알 수 없다.

● 사랑은 죽음을 멸하고 즉시 죽음을 사라지게 만든다. 사랑은 인생을 무의미한 것에서 의미 있는 것으로 바꾸고 불행을 행복으로 바꾼다. 또한 사랑은 인간을 자신으로부터, 자신의 자아로부터 탈출시킨다. 그러므로 자아가 고통스러울 때 사랑이 그 고통에서 벗어나게 한다.

● 죽음을 준비하라. 일반적으로 생각하듯 죽음에 임해서 여러 가지 종교적 의식이나 삶을 살면서 치부한 일에 대한 의미에서의 준비가 아니라, 최선의 죽음을 맞이하기 위한 준비를 하라. 즉 그대가 이미 다른 세계의 존재가 되어 너의 말과 행동이 다른 사람들에게 영향을 줄 수 있는 죽음의 순간을 엄숙하게 활용할 준비를 하는 것이 좋다.

● 물이 한쪽에서 다른 쪽으로 용량이 똑같아질 때까지 흘러들어가는 것처럼 인간의 지혜도 가득 차 있는 사람한테서 전혀 가지고 있지 않는 사람에게 흘러들어갈 수 있는 것이라면 얼마나 좋겠는가? 그러나 불행하게도 타인의 지혜를 받아들이기 위해서는 먼저 스스로 노력하지

않으면 안 된다.

● 우리가 죽은 뒤에 영혼은 어떻게 될까 하는 생각을 가진다면 태어나기 전의 영혼은 어떠했을까 하는 것도 생각하지 않을 수 없다. 만일 당신이 어딘가로 간다면 틀림없이 어딘가에서 온 것이 분명하다. 인간의 일생도 마찬가지이다. 당신이 이 세상에 온 것은 어딘가에서 온 것이다. 만일 당신이 죽은 뒤에도 어디선가에서 산다고 하면 태어나기 전에 살았던 곳이다.

● 죽음을 마음 속에 간직하고 있다는 것은, 죽음을 생각지 않고 살고 있다는 것이다. 죽음을 마음 속에 간직하는 것보다, 그것이 시시각각 다가오고 있다는 것을 항상 의식하면서 기쁘게 살아가야 한다.

● 삶을 살아가면서 슬프고 괴로운 일이 찾아왔을 때는 더 나쁜 일이 일어날 수 있었으며, 실제로 다른 사람에게도 그런 일이 일어나고 있다고 생각하는 것이 현명한 방법이다. 좀 더 자신의 위안을 위해서는 전에도 꼭 지금처럼 여러 가지 사건과 사정 때문에 슬퍼하고 괴로워했지만, 지금은 그 일을 돌이켜 보았을 때 아무렇지도 않고 태연할 수 있다는 것을 염두에 두어라. 무엇보다도 가장 중요한 것은 지금 그대를 슬

프고 괴롭히고 있는 고통은 하나의 시련에 지나지 않으며, 그 시련을 거울 삼아 삶을 더 튼튼하게 가꿀 수 있다는 지혜를 가질 일이다.

● 그리스도의 입에서 나온 가장 위대한 말은, 그가 죽음에 임하여 "아버지시여! 저 사람들을 용서하여 주십시오. 그들은 자기가 한 일을 모르고 있습니다."
라고 기원한 말이다.

● 모세가 광야에서 하느님께 물었다.
  "오, 주님이시여! 저는 어디서 당신을 찾아야 됩니까?"
  그러자 하느님이 대답했다.
  "네가 나를 찾을 때이니라. 이미 너는 나를 찾았노라."

톨스토이가 사랑한 명언

● 친절한 마음은 세상을 아름답게 꾸미고 모든 갈등을 풀어주는 꽃의 향기와 같은 것이다. 그것은 인간의 다툼을 해결해 주고, 고통을 구제해 준다. – 톨스토이

● 불결한 육체적 욕망, 독으로 가득한 그 욕망에 붙잡혀 있는 사람에게는 속세의 온갖 고뇌가 가시덤불처럼 달라 붙어있다. 하지만 그 욕망을 이겨낸 사람은 마치 연꽃잎에서 빗방울이 굴러 떨어지듯 온갖 고뇌가 사라진다. – 부처의 금언

● 인간은 자신을 알아야 한다. 그것이 진리를 발견하는데 설사 도움이 되지 않는다고 하더라도 최소한 자기 생활의 질서를 잡는데 큰 역할을 하게 된다. 이 일 이상으로 훌륭한 것은 없을 것이다. – 파스칼

● 하루 하루 더 향상된 인간이 되려고 노력하는 삶보다 더 아름다운 삶은 없으며, 한편으로 자신이 더 나은 인간으로 발전되가고 있다는 것을 느끼는 것보다 더 큰 기쁨이 이 세상에는 존재하지 않는다고 나는 생각한다. 그것이 바로 내가 오늘날까지 경험해 온 행복이다. – 소크라테스

● 행복한 것, 영원한 생명을 얻는 것, 신과 함께 있는 것, 구원을 받는 것, 이러한 것들은 모두 같은 의미를 지니고 있으며, 인생 목표의 완성이자 삶의 목적에 대한 표상이다. 따라서 슬픔의 흐름이 커질수록 행복도 성장한다. 천국을 향한 기쁨이 우리의 내면을 조용히 적셔줄 때 그것이 비로 행복이다.

행복에는 크고 작음이 없다. 왜냐하면 신의 세계는 무한하기 때문이다. 행복이란 처음부터 사랑을 통해 우리에게 보여주는 것이 신의 모습니다. – 아미엘

● 모든 인간에게는 주어진 과실을 하나씩 가지고 있다. 그것은 우리가 행복을 얻기 위해 태어난 것이라는 상징이다. – 쇼펜하우어

● 자신의 일을 찾아낸 사람은 행복하다. 이제 그는 다른 행복을 찾을 필요가 없기 때문이다. 왜냐하면 그에게는 자기가 해야 할 일이 있고 목표가 있기 때문이다. – 칼라일

● 삶은 선하고 행복한 것이 아니다. 좋은 삶만이 선하고 행복하다.
– 세네카

● 아침에 눈을 뜨면 오늘은 어떤 좋은 일을 행할까 자문해 본다. 그리고 태양이 서쪽으로 기울면, 나에게 부여된 하루의 삶도 함께 사라지는 것으로 생각한다. – 인도의 금언

● 매일 아침 찾아오는 여명이 삶의 시작이 되게 하고, 매일 저녁의 일몰이 하루의 마지막 삶이 되게 한다. 그 짧은 하루 하루의 삶에 다른 사람에게 보여주는 사랑, 자기 자신에 대한 선한 노력의 흔적으로 남기도록 하라. – 러스킨

● 삶의 길은 하나이며, 우리는 언제인가 그 길 위에서 만나게 된다. 그 길은 넓고 눈에 잘 띄어서 그 길을 보지 못하고 지나칠 수 없다. 그 길 끝에는 신이 우리를 향해 손짓하는데, 그것을 아는 우리는 그 길을 가지 않고 죽음의 길을 걷고 있는 것은 인간의 불행이다. – 고골리

● 선한 삶의 길은 좁다. 그러나 그 길을 구별하는 것은 쉬운 일이다. 우리는 그것을 늪 위에 놓인 외나무 다리처럼 쉽게 알아볼 수 있다. 하지만 이쪽이나 저쪽으로 발을 헛딛는 날에는 악의 늪에 빠지고 만다. 현명한 사람은 늪에 빠져도 이내 외나무다리 위로 올라오지만, 어리석은 사람은 늪으로 깊이 빠져들어가 헤어나지 못한다. – 톨스토이

● 네가 이 세상에 처음으로 태어났을 때 너는 울고 주위의 사람들은 모두 기뻐했다. 훗날 네가 이 세상을 떠날 때는 모든 사람들이 울고 너 혼자 웃어야 한다. - 인도의 잠언

● 자신의 삶이 힘들다 해서 죽기를 바라서는 안 된다. 도덕적인 사람은 자기에게 지워진 고통의 짐을 벗기 위해 자신의 일을 실천해 나간다. 자신의 일을 완성시켰을 때, 비로소 그 짐에서 벗어날 수 있다.
- 에머슨

● 남의 말을 들을 때는 귀를 기울이고 주의 깊게 경청하는 태도를 가져야 한다. 말은 적게 하여야 하며 당신에게 묻는 사람이 없거든 절대로 입을 열어서는 안 된다. 그러나 질문을 받거든 짧게 대답하고 모를 때는 부끄러워하지 말고 솔직히 모른다고 말하라. 무모한 논쟁을 위한 논쟁은 피해야 한다. 자신을 과장하지 말라. 감당할 수 없는 지위를 탐내지 말고 그런 자리를 권하거든 받아들이지 말라.

나와는 상관 없는 일, 즉 자신의 의무나 책임에서 벗어나는 일이 아니라면 함께 생활하고 있는 이웃의 습관이나 희망에 따른다. 하지만 자신의 의무도 아니며, 이웃에게 도움이 되지 않는 일에는 애써 나설 필요가 없다. 그런 습관은 우상이 되기 싶다. 그러므로 모든 사람은 잘못

된 자신의 우상을 파괴하지 않으면 안 된다. – 수피

● 나태와 게으름은 지옥의 고통으로 생각해야 하지만, 사람들은 반대로 천국의 기쁨으로 생각하는데 우리의 불행이 있다. – 몽테뉴

● 지금 당장 이 세상과 작별을 고하지 안 되는 것처럼, 남아 있는 시간을 뜻밖의 선물로 생각하고 세상을 살아갈 일이다. – 아우렐리우스

● 어느 날 강 속의 물고기들이, 물고기들은 물 속에서 밖에 살 수 없다고 하는 인간들의 이야기를 들었습니다. 그 말을 들은 물고기들은 무척 놀라며, 도대체 물이 뭔지, 그것에 대해 아는 물고기가 없느냐고 서로에게 물어보았습니다.

그러자 한 물고기가 말했습니다.

"저 멀리 바다라는 곳에 공부를 많이 한 늙은 물고기가 한 마리가 있는데, 그라면 무엇이던지 다 알고 있으니까 가르쳐 줄 거야. 우리 바다로 헤엄쳐 가서 그 노인 물고기한테 물이 무엇인지 물어보자."

그리하여 강 속의 물고기들은 지혜로운 물고기가 살고 있는 바다로 몰려가서, 물은 어떤 것이며, 어떻게 하면 물에 대해 알 수 있는지 물어보았습니다.

그러자 늙은 물고기가 말했습니다.

"물이란 우리가 그것에 의해 살고 있는 있지. 그리고 우리가 그 속에서 살고 있는 것이다. 너희들이 물을 모르는 것은, 너희들이 그 속에서 살며 그것에 의해 살고 있기 때문이란다."

그와 같이 사람들도 신에 의해 살고, 신 속에서 살고 있으며, 신을 모르고 있는 것과 같은 이치다. – 수피

● 지식이 적은 사람은 많은 말을 한다. 그러나 지식이 풍부한 사람은 침묵으로 일관되고 있다. 지식이 적은 사람은 자기가 아는 것을 중요하게 생각하여 모든 사람들에게 이야기하고 싶어하는 반면에 많은 것을 알고 있는 사람은 자기가 알고 있는 것 외에도 알아야 할 것이 더 많다는 것을 깨닫고 있으므로 남이 물을 때만 대답할 뿐 묻지 않으면 침묵한다. – 루소

● 인간의 마음 속에 자리잡고 있는 정욕은 처음에는 거미줄 같지만, 나중에는 굵은 동아줄로 변한다. 또한 정욕은 처음에 낯선 손님처럼 있다가, 마지막에는 주인이 되어 버린다. – 탈무드

● 이 세상에서의 삶은 눈물의 골짜기도 아니고, 시련의 장소도 아니며

우리가 더 이상 상상할 수 없을 정도로 멋진 것이다. 이 세상을 살아가는 기쁨은, 우리에게 주어진 뜻에 따라 살아갈 수 있다면 행복을 얻은 삶이다. – 러스킨

● 나는 내 삶을 안내해 줄 영혼의 빛을 찾아 온 세상을 구석구석 돌아다녔다. 낮과 밤을 쉬지 않고 그것을 찾아 나니다가 마침내 나는 예언자의 목소리를 들었다. 그 예언자는 내 마음 속에 있었고 내가 온 세상을 찾아 헤맸던 그 영혼의 빛도 내 안에 있었다. – 수피

● 우리에게 가장 부족한 것은 마음의 눈이다. 우리는 남의 나쁜 점을 알아보는 데는 눈이 밝으면서, 자신의 잘못된 점을 전혀 보지 못한다.
– 브라운

● 밤에 자는 잠이 편안하도록 낮 동안에는 부지런히 일하라. 또한 너의 노후가 편안하도록 젊은 날을 보람 차게 보내라. – 인도의 금언

● 인간은 있는 그대로의 모습으로 있고자 할 때는 매우 강하지만, 인간보다 높이 되고 싶어할 때는 나약한 존재가 된다. – 루소

● 하루의 고뇌는 그날 하루로 충분하다. 더 이상 자신의 삶을 의혹과 공포 속에서 낭비해서는 안 된다. 현재의 의무를 책임있게 수행하는 것이 앞으로의 몇 시간 또는 몇 세기를 위한 최선의 준비임을 믿고, 열심히 자신의 일에 충실할 때 또 다른 미래가 열린다. 하지만 지금의 우리에게는 미래란 언제나 환상처럼 여겨진다. 무엇보다도 중요한 것은 삶의 여정이 아니라 깊이다.

우리 인생의 조건은 삶을 연장하는 것이 아니라 고귀한 영혼의 행위처럼 시간을 초월하는 것이다. 우리가 최선을 다해 삶을 영위하고 있을 때 시간은 문제가 되지 않는다. 그리스도는 영원한 생명에 대해 그 어떠한 것도 설명하지 않았지만, 그가 끼친 영향은 세상 사람들에게 시간을 초월하게 하여 영원한 존재로 믿게 하였다. - 에머슨

● 자기 자신의 등불이 되어라. 자신을 위한 피난처가 되어라. 너의 등불을 켜놓고 다른 피난처를 찾지 말라. - 부처의 장언

● 학문은 마음의 양식이다. 그러나 육체의 양식을 지나치게 많이 먹으면 육체에 해롭듯이 마음의 양식도 지나치면 병을 불러오기도 한다. 그것을 피하려면 마음의 양식도 육체의 양식과 마찬가지로 꼭 필요한 때 적당량을 섭취해야 한다. - 러스킨

● 세 개의 길을 통해 우리는 예지에 도달할 수 있다.

첫번째는 사색의 길로, 가장 고상한 길이다.

두번째는 모방의 길이며, 가장 쉬운 길이다.

세번째는 경험의 길인데, 이것이 가장 힘든 길이다. – 공자

● 사신의 내부에 뿌리 내린 사상에만 진리와 생명이 있고, 책에서 읽은 남의 사상은, 이를테면 남의 밥상 위의 먹다 남은 찌꺼기이며 이방인에게서 빌린 옷과 같다. – 쇼펜하우어

● 현자는 죽음에 대해서보다 삶에 대해서 더 많이 생각한다. – 스피노자

● 낮에는 밤의 꿈자리가 편안하도록 행하라. 젊었을 때는 노년이 편안하도록 행하라. – 인도 속담

● 매일 아침의 여명은 생활의 시작이며, 매일 저녁의 석양은 생활의 끝이라고 생각할 수 있다. 짧은 일생의 매일을 남을 위해서 바치는 사랑, 그리고 자기 자신을 향해서 하는 노력의 흔적으로 훗날에 남기도록 하라. – 러스킨

톨스토이 인생론

행복한 삶으로의 여행

지혜

'오늘이
당신의 최초의 날이라고 생각하라
오늘이
당신의 마지막 날이라고 생각하라'

톨스토이가 들려주는 탈무드의 지혜

● 우리의 인생에서 가장 중요한 문제는 우리에게 주어진 이 짧은 생애에서, 우리를 이 세상에 보낸 이가 우리에게 바라는 것을 얼마나 실천하며 살아가고 있는가 하는 점이다.

● 부자가 되는 유일한 방법은, 그것은 내일 할 일을 오늘 해 치우고, 오늘 먹어야 하는 것을 내일 먹는 일이다.

● 인생은 마치 어두운 밤과 같다. 어두워지면 인간을 빛을 갈망하기 마련이다.

● 세상에는 잘못 살고 있는 세 종류의 인간이 있다. 빨리 화를 내는 사람, 남을 쉽게 용서하는 사람, 너무 완고한 사람이다.

● 세상에서 좋은 일하는 것은 처음엔 가시밭길이지만, 결국은 평탄한 길로 들어서게 된다. 나쁜 일을 하는 것은 처음엔 평탄한 길이지만, 곧 가시밭길로 들어서게 된다.

● 지나친 질문은 삼가하는 것이 좋다. 성가시게 물으면 실은 이렇게 대답할 것이다. "그렇게 알고 싶다면 천국으로 오라."

● 어진 사람은 자기 눈으로 직접 본 것을 남들하게 이야기하고, 어리석은 사람은 자기 눈으로 보지 못하고 귀로만 들은 것을 이야기한다.

● 어린나무는 바람을 이겨 내지만, 오래 된 나무는 곧 꺾인다.

● 어떤 사람은 당신을 비난하고, 어떤 사람은 당신을 칭찬한다.
당신을 비난하는 사람을 가까이 하고, 당신은 칭찬하는 사람을 멀리 할 일이다.

● 삶을 살고 있어도 사는 맛이 없는 인생에는 세 가지가 있다. 첫째 남의 동정으로 사는 사람, 둘째 아내에게 속박 당하고 있는 사람, 셋째 항상 육체에 고통을 느끼고 있는 사람이다.

● 광주리 속에 먹을 것을 가득 가지고 있는 사람이 내일은 무엇을 먹을까 걱정하는 것은 그 사람의 신앙이 부족하기 때문이다.

● 부자는 타인의 슬픔에 대해 냉정하며 무관심하다.

● 정의는 역사의 토양 속에 오랫동안 파묻혀 있는 씨앗과 같다. 그러나 적당한 온도와 습도를 받으면 건강한 생명으로 신선한 힘을 발휘하여 힘차게 성장한다. 그리하여 마침내는 꽃을 피우고 열매를 맺는다. 그러나 폭력과 부정의 힘에 뿌려진 씨앗은 흙 속에 썩고 말라서 싹이 트지 못한다.

● 오늘 자신의 육체를 최대한 이용하라. 내일이면 없어져 버릴지도 모른다.

● 만일 당신이 이웃사람에게 악을 행하였다면, 그것이 비록 사소한 것이었을지라도 큰 것으로 생각해야 한다. 그리고 이웃 사람에게 선을 행하였을 때는 그것이 비록 큰 것이었을지라도 아주 작은 일로 생각해야 한다. 그러나 이웃 사람이 당신에게 베풀은 선은 비록 그것이 사소한 것일지라도 큰 것으로 생각한다.

● 만약에 노인(세상의 경험자)이 어떤 것을 파괴하라고 말하고, 젊은 이가 건설해야 한다고 하면 파괴하는 것이 옳다. 노인이 말하는 파괴는

건설이지만, 젊은이가 내세우는 건설은 파괴이기 때문이다.

● 신이 절대로 용서하지 않는 죄에는 네 가지가 있다.

첫째, 같은 일에 대해 몇번이고 후회하는 것.

둘째, 같은 죄를 다시 반복하는 것.

셋째, 다시 한 번 되풀이하기 위하여 죄를 짓는 것.

넷째, 신의 이름을 모독하는 것.

● 자기가 하는 말을 자신이 건너야 할 다리라고 생각하라. 그리하면 튼튼한 다리가 아니면 건너지 않을 것이다.

● 영혼까지도 휴식이 필요하므로 인간은 잠을 자는 것이다. 입에도 휴식을 주고 남의 말에 귀를 기울여라.

● 사람들은 돈을 시간보다 소중하게 여기는데 그로인해 잃는 시간은 금전으로 살 수 없다.

● 인간의 탄생과 죽음은 책의 앞면과 뒷면 같은 것이다.

● 모든 육체 노동은 인간을 고결하게 한다. 어린이에게 일하는 즐거움을 가르치지 않는 것은 그를 미래의 약탈자로 만들 준비를 하는 것과 같다.

● 돌이 물병 위에 떨어지면 물병이 깨진다. 물병이 돌 위에 떨어져도 물병이 깨진다. 어찌하던가 깨지는 것은 물병이다.

● 나는 내 스승한테서 많은 것을 배웠다. 내 친구들한테서는 더 많은 것을 배웠다. 그러나 내 제자들한테서는 무엇보다도 더 많은 것을 배웠다.

● 아직 힘이 있을 때 죄를 뉘우치는 것이 좋다. 뉘우친다는 것은 곧 자신의 영혼을 밝게 하고 선한 생활을 준비함을 의미한다. 그러므로 인간으로서 생명력이 남아 있을 때 뉘우치는 것이 좋다. 그것은 등잔불이 꺼지기 전에 기름을 부어야 하는 것과 같다.

● 인간은 아이가 태어나면 기뻐하고, 사람이 죽으면 슬퍼한다. 그러나 이러한 것은 바꾸어야 한다. 태어난 아이의 앞에는 어떤 일이 일어날지 모르지만, 사람이 죽으면 이미 그가 이루어 놓은 것을 알 수 있기 때문이다.

● 신의 존재에 대한 비밀을 캐려는 인간의 노력은 모두 헛된 것이다. 인간이 해야 할 일은 오직 신의 법칙을 지키는 것 뿐이다.

● 어떤 사람이 지혜로운 사람인가?

모든 사람한테서 무엇인가를 배우는 사람이다.

어떤 사람이 강한 사람인가?

자기 자신을 이기는 사람이다.

어떤 사람이 부유한 사람인가?

자신의 운명에 만족하는 사람이다.

● 매일매일 자기 자신을 학대하는 자는 이승도 저승도 갈 곳이 없다.

● 남에게 돈을 빌려줄 때에는 증인을 세우고, 적선할 때는 아무도 보지 않는 데서 하라.

● 새장으로부터 도망친 새는 붙잡을 수가 있으나 입에서 나간 말은 붙잡을 수가 없다.

● 타인의 불명예에서 자신의 명예를 찾아서는 안 된다. 선량한 사람은

남의 치욕을, 심지어 그에게 해를 끼친 자의 치욕까지 숨겨주는 것이 합당한 일이다. 자신의 잘못을 뉘우치는 자에게 그 전의 잘못을 들추어 내서는 안 된다.

● 정욕의 노예는 노예 중에서도 가장 비천한 노예이다.

● 자신의 어리석음을 의식하는 사람에게는 아직도 지혜가 있지만, 자신의 현명함을 굳게 믿고 있는 사람에게는 절대로 지혜는 존재하지 않는다.

● 폭력이 필요하지 않은 그런 삶이 되도록 노력하라.

● 인간의 영혼은 곧 신의 등불이다.

● 아무리 사소한 일이라도 좋은 일은 서두르는 것이 좋다. 모든 죄악으로부터는 빨리 달아나는 것이 좋다. 왜냐하면 하나의 선한 일은 다른 선한 일을 부리고, 하나의 죄악은 다른 죄악을 부르기 때문이다. 즉 선한 일의 대가는 선한 일이고, 죄악의 대가는 죄악이다.

● 신의 축복은 가난한 사람을 돕고 베푸는 자에게 내린다. 그때 가난한 사람을 친절하게 맞이하고 친절하게 보내는 자는 두 배의 축복을 받는다.

● 신의 계율을 지키는 것은 신에 대한 사랑 때문이지 신에 대한 두려움 때문이 아니다.

● 아이들과 한 약속은 반드시 지켜라. 그렇지 않으면 당신은 아이들에게 거짓말을 가르치는 것이 된다.

● 어떤 사람을 현명한 사람이라고 하는가? 모든 것에서 배움을 얻으려는 사람을 말한다. 어떤 사람을 참된 사람이라고 하는가? 자기 자신을 억제할 수 있는 사람을 말한다. 어떤 사람을 풍부한 사람이라고 하는가? 자기가 가진 것에 만족하는 사람을 말한다.

● 남을 모함하여 자신의 영예를 얻으려고 하지 말라. 마음이 참된 사람은 자신을 모략중상한 사람의 부끄럼까지도 감추어 주려고 한다. 자기의 잘못을 뉘우치고 회개하는 사람에게는 과거의 죄를 묻지 말라.

● 비록 하찮은 일일지라도 선한 일을 하기에 힘 쓰고 모든 죄로부터 벗어나라. 왜냐하면 선한 일은 그 배후에 또 다른 선한 일을 이끌어 오며, 하나의 죄는 또 다른 하나의 죄를 낳기 때문이다. 도덕의 보수는 도덕이다. 그러나 죄에 대한 벌은 죄다.

● 스승보다 많이 배우면 인생은 보다 풍요로워지고, 오랜 시간을 명상으로 보내면 지혜가 늘고, 사람들을 만나 유익한 말을 들으면 좋은 길이 열리고, 많은 자선을 베풀면 평온이 찾아온다.

● 남들이 모두 옷을 입고 있을 때에는 벌거벗지 말고, 남들이 모두 벌거벗고 있을 때에는 옷을 입지 말라. 남들이 모두 앉아 있을 때에는 일어서지 말며, 남들이 모두 서 있을 때에는 앉아 있지 말라. 남들이 모두 웃고 있을 때에는 울지 말고, 남들이 모두 울고 있을 때에는 웃지 말라.

● 촛불 한 자루로 여러 자루의 초에 불을 붙인다 해도 애초의 촛불 빛은 흐려지지 않는다.

● 인간은 세상을 살면서 세 개의 이름을 갖게 되는데, 그 중에 하나는 태어났을 때 부모가 지어주는 이름이고, 또 다른 하나는 친구들이 애정

을 담아 부르는 이름이다. 그리고 나머지 하나는 자기 생명이 다하는 날까지 얻어지는 명성이다.

● 진실을 말했을 때도 누구 하나 믿어주는 사람이 없다는 것, 이것이 거짓말쟁이에게 주어지는 가장 큰 벌이다.

● 처음에는 여자처럼 약하지만 방치해 두면 남자처럼 강해지고, 처음에는 거미줄처럼 가늘지만 방치해 두면 배를 묶어두는 밧줄처럼 강해지며, 손님으로 찾아온 것을 방치해 두면 그 집 주인으로 들어앉아 버리는 것, 이것이 악이다.

● 나무는 그 열매로 평가되고, 인간은 그가 한 일에 의해 평가된다. 막 열리기 시작한 오이를 보고는 장차 맛이 있을지 없을지를 알 수 없다.

● 행동은 말보다 소리가 크다. 남이 자기를 칭찬하게는 해도 자기 입으로 스스로를 칭찬하지는 말라.

● 현명한 사람이 되는 일곱 가지 조건
첫째, 자기보다 현명한 사람 앞에서는 침묵을 지킨다.

둘째, 남이 이야기하는 도중에 말을 가로채지 않는다.

셋째, 상대가 대답할 때까지 기다린다.

넷째, 언제나 요점이 뚜렷한 질문을 하고 사리에 맞는 대답을 한다.

다섯째, 먼저 해야 할 일과 나중에 해도 될 일을 정확히 구분한다.

여섯째, 모를 때는 모른다고 시인한다.

일곱째, 신실을 인정한다.

톨스토이 인생론

행복한 삶으로의 여행

우화

돌은 쇠로 깎을 수 있고
쇠는 불에 녹는다.
불은 물에 의해 꺼져 버리지만
물은 구름이 되고
그 구름은 다시 바람에 흩어진다.
그러나 바람도 인간을 날려 보내지는 못한다.
그런 인간도 공포에 의해 산산조각이 나지만
공포는 술로 달래거나 없애버릴 수 있다.
하지만 술은 잠에 의해서 깨어나고
잠 또한 죽음만큼 강하지 못하다.
그렇지만 죽음도 애정을 이겨낼 수 없다.

십계(十戒)

　신이 겨우 그의 '십계(十戒)' 를 다 썼을 때, 그는 땅 위의 모든 인종, 종족한테로 가서 자기의 이 계율을 갖고 싶은 지 어떤 지를 물어보았다.

　아리비아 사람들은 조심스럽게

　"그것은 어떤 말을 하고 있습니까?"

　하고 물었다.

　"응!"

　신은 말했다.

　"그 가운데의 하나는 '남의 물건을 훔치지 말라' 고 말하고 있지."

　"그거 참 재미가 없군요."

　아라비아 사람들은 대답했다.

　"우리한테는 도저히 무리한 말인데요.

　우리는 여행자들을 뜯어먹고 사는 형편이 되어서요."

　신은 그 다음 프랑스인들에게 그 십계를 받지 않겠느냐고 물어보았다.

　한데 그들도

　그것은 어떤 일을 명하는지 알고 싶어했다.

　신이 '간음해서는 안 된다.'의 대목에 이르자 프랑스인들은 신의 말을 가로막으며 슬픈 듯이 고개를 저었다.

　"우리는 이 십계 특히, 이 대목이 우리에게는 전혀 맞지 않는다고 생각합니다."

　신은 그의 십계를 다른 많은 사람들에게로 가져갔다. 그러나 그들 모두는 자기들의 남다른 사는 방식에 맞지 않는다고 하며, 그것을 거절했다. 마지막에 이르러서는 될대로 되라는 마음으로 유태인들을 찾아 갔다.

　모세가 물었다.

　"그것의 값은 얼마입니까?"

　신은 대답했다.

　"이것은 공짜다."

　"그거 참 좋군요."

　모세는 다시 말했다.

　"그렇다면 우리는 그것을 모두 받겠습니다.
뭣하면 두 벌이라도 받겠습니다."

천사 가브리엘

* 짧은 교화

언제인가, 천사 가브리엘은 천국에서 들려오는 하나님의 음성을 들었다. 그것은 어떤 인간의 마음에 상냥하게 무엇인가를 대답하는 소리였다. 그래서 천사는 말했다.

"그렇다. 어디엔가 하나님의 귀한 종이 있는 모양이다. 그 인간의 마음은 정념에서 벗어나 높은 곳으로 올라가고 있는 중이다."

천사는 서둘러 땅 위로 내려왔다. 그 인간을 찾아보기 위해서였다. 그러나 천국에도 지상에도 그런 사람을 발견할 수 없었다.

드디어 천사는 화가 나서 소리쳤다.

"하나님이시여! 당신께서 사랑하시는 그 인간이 있는 곳으로 가는 길을 가르쳐 주십시오."

하나님이 대답했다.

"오른 쪽으로 가면 나무가 서 있을 것이다. 그 나무 옆에 탑이 서 있는데, 그 속에 불이 있을 것이다."

천사는 급히 탑이 있는 곳으로 갔다. 그 곳에는 한 인간이 우상 앞에서 기도를 드리고 있었다. 천사는 돌아와서 말했다.

"하나님이시여, 당신께서는 탑 앞에서 우상을 숭배하는 그런 인간을 사랑하시는 것입니까?"

하나님은 말했다.

"나는 무지하기 때문에 저지르는 잘못을 책하지 않는다. 저 인간의 마음은 어리석은 노력을 하고 있기는 해도, 높은 곳을 받들지 않으면 안 된다는 꿈을 사랑할 뿐이다."

큰곰자리별

* 코우비스

옛날도 아주 먼 옛날, 이 땅 위에는 큰 가뭄이 있었습니다. 강이라는 강, 우물이라는 우물은 모조리 밑바닥까지 말라 버렸습니다. 그래서 나무나 풀들은 시들었고, 사람이나 짐승들도 물을 마시지 못해 죽어갔습니다.

어느 날 밤, 한 소녀의 어머니가 병이 나서 애타게 물을 찾았습니다. 그러나 어디를 찾아보아도 한 방울의 물도 발견할 수가 없었습니다. 소녀는 물을 찾아 헤매인 끝에 너무 지쳐 풀 위에 쓰러져 잠이 들고 말았습니다.

얼마나 지났는지 그 소녀는 눈을 뜨고 무심결에 손에 쥐고 있는 바가지의 무게를 느끼고 살펴보자, 그 안에 맑은 물이 넘치도록 가득 차 있었습니다. 소녀는 너무 기뻐서 어쩔 줄 몰라 하며, 무심코 물을 마시려고 하였습니다.

그러나 어머니에게 물을 가져다드리지 않으면 안 되겠다는 생각이 들자, 그대로 바가지를 들고 집으로 달려갔습니다. 소녀는 너무 빨리 뛰었기 때문에 발길에 개가 엎드려 있는 것을 몰랐습니다. 밟힌 개는 슬픈 듯이 비명을 질렀습니다. 이에 놀란 소녀는 황급히 바가지를 들어

올렸습니다.

　너무 놀란 소녀는 물을 엎질러 버린 줄 알았습니다. 그러나 다행스럽게도 바가지가 똑바로 떨어졌기 때문에 물은 그대로 가득 들어 있었습니다.

　소녀는 자기의 손바닥에 물을 따라 흥분해 있는 개에게 주었습니다. 그러자 개는 따라준 물을 다 마시고 나서 기쁘다는 듯이 소녀의 주위를 맴돌았습니다.

　소녀가 바가지를 다시 집어 들었을 때, 지금까지 나무로 되어 있던 그 바가지는 은으로 변했습니다. 소녀는 재촉하듯 정성껏 바가지를 들고 집으로 돌아와서 어머니에게 드렸습니다.

　그러자 어머니는 말했습니다.

　"엄마는 이제 곧 죽을 몸이니까 안 마셔도 괜찮다. 어서 너나 마셔라."

　그러면서 어머니는 바가지를 소녀에게 내밀었습니다. 그러자 그때 은으로 된 바가지는 다시 금으로 변했습니다. 소녀는 바가지를 들고 있는 동안 더 참을 수가 없어서 입으로 가져 가려고 했습니다.

　그때 한 노인이 와서 물을 좀 마시게 해 달라고 간청하는 것이었습니다. 소녀는 침을 삼키고 노인에게 물바가지를 가져 가려고 했습니다.

　그때 갑자기 그 바가지 속에서 일곱 개의 커다란 다이아몬드가 튀어 나왔습니다. 그리고 맑은 물이 폭포처럼 흘러 넘치기 시작했습니다.

일곱 개의 다이아몬드는 높은 하늘 위로 올라가 대웅성 큰곰자리별이 되었습니다.

참새

* 투르게네프

나는 사냥을 끝내고 귀가를 서두르며 오솔길을 걷고 있었다. 그런데 갑자기 내가 데리고 간 사냥개가 앞쪽을 향해 달려가더니 눈앞에 먹이라도 발견한 듯 살금살금 기어갔다.

나는 오솔길 저편에 작은 참새 한 마리가 있는 것을 발견했다. 아직 노랑 주둥이가 둥글고 머리 위에 보송보송 털이 나 있는 새끼였다. 참새는 둥지에서 떨어진 것이 분명했다(바람이 강하게 나무를 흔들었기 때문이었다).

아직 연약한 새끼 참새는 날개를 팔락거리면서 불안한 모습으로 웅크리고 있었다.

개는 천천히 새끼 참새를 향해 다가갔다. 자신감에 찬 개의 행동은 조금도 빈 틈을 보이지 않았다. 그 때 느닷없이 옆의 나무 위에서 가슴팍이 검은 어미인 듯 싶은 참새 한 마리가 돌멩이처럼 수직으로 개의 콧잔등을 향해 날아왔다. 그리고 깃털을 곤두세우고 미친듯이 소리를 지르면서 이를 드러낸 개의 입 언저리를 향해 거침없이 덤벼들었다.

참새는 제 몸을 내던져 새끼를 구하기 위해 날아 내려온 것이다. 그 작은 새끼 참새는 공포에 떨고 있었다. 쨱쨱거리는 울음소리는 거칠고

쉬어 있었다. 어미 참새는 자기의 목숨을 희생하고 있었던 것이다.

그 작고 가엾은 새끼 참새에게 개는 커다란 괴물로 보였을 것이다. 이때 무엇보다도 어미 참새는 가만히 나뭇가지 위에 앉아 있을 수만은 없었을 것이다. 그 참새의 의지보다도 강한 어떤 힘이 나뭇가지에서 공격적으로 날아 내리게 한 것이었으리라.

개는 주춤했다. 그리고 뒷걸음질을 쳤다. 분명히 개도 이 커다란 힘을 느낀 것이다.

나는 급히 망설이고 있는 개를 불러들여 불현듯 감사에 충만한 마음으로 그 자리를 떠났다. 그렇다, 나는 감사했던 것이다. 이 작은 마음이 풍족한 새에 대해서, 그리고 그 사랑의 본능에 대해서 감사했다.

나는 생각했다.

'사랑은 죽음보다 강하다. 죽음의 공포보다 강한 것이다. 다만 사랑에 의해서만 인생은 지탱되고, 그리고 움직여지는 것이라고…'

항해

* 투르게네프

나는 함부르크에서 런던까지 항해한 일이 있었는데, 그때 배 안의 선객은 단 두 명이었다. 나와 작은 원숭이었다. 낳은 지 얼마 안 되는 부드러운 털을 가진 암컷 원숭이로 함부르크의 무역 상인이 영국에 있는 친구에게 선사하기 위해서 배에 태웠던 것이다.

새끼 원숭이는 갑판 위에 가는 쇠사슬에 묶여 이리저리 뛰면서 슬픈 듯이 캑캑 소리를 지르며 나의 시선을 끌었다. 내가 그 원숭이 옆으로 지나갈 때마다 검고 작은 손을 내밀었다. 그리고 우울한, 마치 사람과 같은 눈으로 나를 바라보는 것이었다.

나는 인사라도 하듯 그의 손을 잡아주었다. 그러자 원숭이는 뛰는 것도 비명 지르는 모습을 자제했다.

조용한 항해였다. 바다는 연빛의 탁상보처럼 둥글게 펼쳐진 채 움직이지 않았다. 그때 길게 늘어진 원숭이의 울음소리에 못지 않은 슬픈 여음을 끌며 식당의 작은 종이 울렸다. 가끔 바닷개가 헤엄쳐 왔다. 그리고는 다시 힘차게 몸을 돌려 바다 속으로 사라졌다. 그럴 때면 해면은 잔물결에 밀려 순간적으로 어지러웠다.

선장은 말이 없는 사나이였다. 햇볕과 해풍에 씻긴 구릿빛 얼굴에 파이프 담배를 물고 있었다. 그리고는 화난 듯한 표정으로 해면에 침을 뱉었다.

내가 여러 가지 일을 물으면 선장은 건성으로 대답했다. 그래서 나는 하는 수 없이 동반자인 원숭이에게로 돌아갔다. 나는 원숭이 옆에 앉았다. 원숭이는 발버둥치는 동작을 멈추고 갈색의 손을 내밀었다.

갑자기 안개가 자욱이 끼어 배가 움직이지 않는 것 같았다. 그 습한 공기가 우리 둘에게 지루한 졸음을 재촉하는 여운을 주었다. 그러자 곧 우리는 고독한 외톨백이인 듯한 생각에 빠져들었다. 우리의 모습은 마치 한 식구처럼 앉아 있는 광경을 연출하였다.

나는 마침내 유쾌한 마음이 들었다. 그러자 그 특별한 감정이 내 마음 속에서 일어났다. 우리들 모두가 한 어머니의 자식이라는 초자연적인 생각이었다. 그리고 내게는 가엾은 짐승이 양순해지고 마치 집안 식구를 대하듯 나에게 믿고 다가오는 작은 새끼 원숭이가 매우 기쁘게 느껴졌다.

과일 나무

* 「탈무드」에서

한 노인이 정원에 나무를 심고 있었다. 때마침 그곳을 지나가던 나그네가 그 광경을 보고 물었다.

"도대체 노인께서는 언제 그 나무에서 열매를 딸 수 있으리라 생각하십니까?"

이에 노인은 칠 십 년쯤 지난 뒤에야 과실을 볼 수 있을 것이라고 대답했다.

나그네는 다시 물었다.

"노인께서 그렇게 오래 사실 수 있겠습니까?"

그러자 노인이 조용히 말했습니다.

"아니지. 그렇지 않아. 그런데 내가 태어났을 때 과수원에는 많은 열매들이 달려 있었다네. 이는 내 아버님께서 채 태어나지 않은 나를 위해 나무를 심어 놓으셨기 때문이지. 그와 똑같은 일이라네."

회개한 죄인

* 톨스토이

어떤 곳에 일흔 살이나 된 나이 많은 사나이가 혼자 살고 있었다. 그 사나이는 그 때까지 자기의 전 생애를 온갖 죄로 삶을 치장하듯 살아왔다. 그러던 중에 이 사나이는 병에 걸렸다. 하지만 후회하지는 않았다. 드디어 죽음이 닥쳐온 최후의 순간에 사나이는 울면서 애원했다.

"하나님이시여, 당신께서는 도둑에게도 십자가를 주십시오. 부디 저도 구원해 주십시오."

그가 이렇게 말을 마치자마자, 그의 영혼은 육체를 떠났다. 그리하여 이 죄인의 영혼은 하나님을 동경하고 자비에 힘 입어 천국 문앞에 이르렀다. 죄인은 그 곳에 이르자, 문을 두드리며 천국으로 들여보내 달라고 간청했다.

그때 그는 문쪽에서 들려오는 소리를 들었다.

"문을 두드리는 자는 누구인가? 저 사나이는 살아 있는 동안 어떤 일을 하였는가?"

천국의 고발인이 이에 대답했다. 고발인은 이 사나이가 저지른 지상에서의 죄과를 낱낱이 고했다. 결국 착한 일이란 한 가지도 아뢸 것이 없었다.

그러자 문 저쪽에서 소리가 들려왔다.

"죄인은 천국에 들어올 자격이 없느니라. 물러가라!"

죄인은 말했다.

"제발 부탁입니다. 저는 당신의 음성을 들으면서 존안을 뵈올 수도 들을 수도 없습니다."

그러자 그 소리는 대답했다.

"나는 사도 베드로다."

이에 죄인이 말했다.

"저를 불쌍히 여기소서. 사도 베드로시여! 인간은 약한 존재입니다. 그러나 하나님은 자비로우시지 않습니까? 당신은 그리스도의 제자이시며, 그리스도에게서 직접 가르침을 받으셨고, 또한 그분의 모범을 보이시는 분이 아니십니까? 이런 일을 생각해 봐 주십시오. 언젠가 그리스도께서 마음이 언짢으시어 슬퍼하고 계셨을 때, 당신을 향해 자지 말고 기도하라고 세 번씩이나 부탁하신 일이 계셨지요. 그런데도 당신은 졸음을 참을 수가 없어 잠들어 버렸고, 그리스도께서는 세 번이나 당신이 잠들어 계신 것을 보셨습니다. 지금의 저도 그와 마찬가지입니다. 그리고 또 이런 일도 생각해 보시기 바랍니다. 당신은 죽을 때까지 그리스도의 곁을 떠나지 않겠다고 그처럼 굳게 약속해 놓고서도 그리스도께서 가야바에게 끌려 가시자 세 번씩이나 떨어지지 않았습니까?

저도 그와 마찬가지입니다. 또 이런 일은 어떻게 생각하십니까? 그때 당신은 닭이 울기 시작하자마자 곧 그곳을 떠나 몹시 우셨지요. 저도 그와 같습니다. 저를 천국에 들여보내 주지 못할 아무런 이유가 없다고 생각합니다."

그러나 천국 문 저쪽의 소리는 더 이상 아무 대답도 하지 않았다. 한참만에 또 죄인은 문을 두드리기 시작했다. 그리고 천국에 들여보내 달라고 간청했다.

그러자 저쪽에서 다른 소리가 들렸다.

"저 자는 누구냐? 저 사나이는 살아 있는 동안 어떤 일을 했느냐?"

고발인의 목소리가 들리고, 다시 그의 온갖 죄과가 반복되었다. 역시 좋은 말이란, 그 어느 것도 아뢰어지지 않았다. 문 저쪽의 소리가 말했다.

"물러가라! 너같은 죄인은 우리와 함께 천국에 살 수 없느니라."

죄인은 애원했다.

"제발 부탁입니다. 저는 당신의 음성을 들으면서도 존안을 뵈올 수도 들을 수도 없습니다."

그러자 소리는 대답했다.

"나는 왕이며, 사도인 다윗이다."

죄인은 낙심하지 않고 천국 문에 붙어 서서 말을 시작했다.

"저를 불쌍히 여기소서. 왕 다윗이시여! 인간은 약한 자입니다. 그러나 하나님은 자비로우신 분이 아니십니까? 하나님께서는 당신을 사랑하시어 뭇사람들 위에 당신을 끌어올리셨습니다. 당신은 온갖 것들을 다 가지고 계십니다. 왕국과 영예, 부귀와 처자 할 것없이 모두를 말입니다. 하지만 당신은 지붕 위에서 한 가난한 사나이의 아내를 보자, 죄의 싹이 터 당신은 그의 아내를 빼앗고 칼로 그를 죽여 버리지 않았습니까? 당신은 풍족하면서도 가난한 자의 손에서 최후의 양을 빼앗고 그 사나이를 죽여 버렸던 것입니다. 저도 그러한 일을 해 온 것입니다. 그러나 생각해 보시기 바랍니다. 당신은 얼마나 그 일을 후회하셨던가, 그래서 이렇게 말했습니다. '나는 나의 죄를 알았고 이 죄를 더없이 슬퍼한다'고 말입니다. 저도 그와 마찬가지입니다. 제가 천국에 들어가지 못할 까닭은 없다고 생각합니다."

그러자 문 저쪽 소리는 아무 대답도 하지 않았다. 얼마쯤 지나자 또 죄인은 문을 두드리며 천국으로 들여보내 달라고 졸랐다. 그러자 문 저쪽에서 세 번째 소리가 들렸다.

"저 자는 누구냐? 저 사나이는 살아있을 때 무슨 일을 했는가?"

고발인은 사실대로 대답했다. 그리고 세 번째도 이 사나이의 나쁜 짓만을 들어 말하고 착한 일은 없었으므로 아뢰지 않았다. 문 저쪽의 소리가 말했다.

"물러가라. 죄인은 천국에 들어올 수 없다. 나는 그리스도의 훌륭한 제자 성 요한이다."

그러자 죄인은 기뻐서 말했다.

"이젠 정말 내가 천국에 들어가지 못할 까닭이 없습니다. 베드로와 다윗은 그들이 인간의 미약함과 하나님의 자비를 알고 있기 때문에 나를 들여보내주지 않았지만, 당신은 많은 사랑을 가지고 있기 때문에 저를 들여보내주시리라고 믿습니다. 성 요한이시여, 당신이 쓰신 책 속에 하나님은 사랑이시며 사랑하지 않는 자는 하나님을 알지 못한다고 하셨습니다. 늙은 후에는 형제들이여, 서로 사랑하라고 사람들에게 말씀하신 분이 바로 당신이 아니십니까? 그런 당신이시라면, 저를 미워하여 쫓아버리시지는 않으시겠죠? 당신은 스스로 말씀하신 것을 저버리시겠습니까, 아니면 저를 사랑하여 천국 안에 들여놓아주시겠습니까?"

이때 천국의 문이 열렸다. 그리고 요한은 회개한 죄인을 끌어안아 천국으로 불러들였다.

톨스토이 인생론

행복한 삶으로의 여행

소설

나는 사랑의 길을 알았다.
나는 떠돌며 이별하는
모든 것들의 주변을 위하여
스스로 방랑자가 되었다.
때로는 어느 곳에서 언 몸을 녹여야 할지 모르는
모든 사람들에게 애틋한 정을 느끼면서
유랑하는 모든 것을 사랑하게 되었다.

톨스토이가 즐겨 읽은 사색적 단편 소설

고독

* 모파상

독신자 모임에서 즐거운 식사를 끝낸 뒤 옛날부터 절친한 벗이 나에게 말했다.

"베르사유 광장을 산책하지 않겠나?"

우리는 천천히 걸음을 옮기면서 잎이 떨어진 나무들 사이의 보도 위를 걸었다. 주위가 너무나 조용했다. 다만 영원히 멈추지 않을 듯한 파리의 미미한 마른 소리가 무미건조한 반향으로 귓가에 전해 왔다.

그때 놀랍게도 한 줄기 신선한 바람이 얼굴을 어루만졌다. 어느 새 어두운 하늘에는 수없이 많은 별들이 반짝이며 엷은 빛에 떨고 있었다.

벗의 다정한 음성이 들려왔다.

"왜 그런지 밤에 여길 오면, 다른 어떤 곳에 있을 때보다도 내 가슴이 가벼워진단 말야. 그만큼 나의 사색도 점점 깊어지는 듯한 생각에 빠져들거든. 어떤 때는 순간적으로 내 머리가 찬란한 빛에 휩싸이는 것처럼 신비로운 인간 세상의 비밀이 풀리는 착각에 사로잡히지. 하지만 한 줄기 바람에 창문이 쾅 하고 닫히면 그걸로 만사는 끝나 버리는 거야."

이따금 나무 사이로 두 개의 겹쳐진 그림자 검게 빛났다. 우리는 두 남녀가 앉아 있는 벤치 앞을 지나고 있었다. 그때 나란히 앉아 있던 두 개의 그림자가 하나의 검은 점으로 합쳐졌다.

벗은 말했다.

"가련한 사람들이여! 나는 모든 사람들에게서 혐오보다는 연민을 느낀다네. 나는 인생의 온갖 고통 속에서 한 가지 비밀을 알아냈어. 그 것은 우리 인간이 존재함으로써 영원히 고독하다는 것일세. 우리가 삶에 얽매어 있다는 것조차도 이 고독에서 벗어나기 위해서야. 지금 벤치에 앉아 있는 연인들이나 자네와 나, 그 밖의 모든 사람들도 한순간만이라도 자신의 고독에서 벗어날 가능성을 갈망하고 있다는 것일세. 그러나 한 가지 분명한 것은 변함없이 고독하다는 사실이지. 우리들은 영원히 고독한 존재야. 어떤 사람은 그것을 뼈저리게 느끼고, 또 어떤 사람은 별로 느끼지 않을 뿐이지. 하지만 공통점은 모든 사람들은 다 고독하다는 거야.

이따금 나는 견딜 수 없는 슬픔을 경험하는데, 그것은 무서운 고독이 찾아왔음을 예감하는 거지. 그러나 어떠한 것도 - 자네도 알걸세 - 이 세상의 그 어떠한 것도 고독을 메워줄 수 없다는 사실을. 우리가 어떻게 하든, 무엇 때문에 괴로워하든, 격동하고 외치고 힘차게 끌어안아도 모두 부질 없는 짓이지. 우리 인간은 언제나 고독하다는 거야.

나는 자네를 이 곳으로 유인해 왔어. 산책하기 위해 온 것이지만, 사실은 나를 기다리고 있는 어두운 방으로 가는 것을 피하기 위해서였어. 지금 불 꺼진 어둠 속의 빈 방이 나를 못 견디게 괴롭히고 있다네. 그렇지만, 우리 두 사람은 자네의 말대로 나는 열심히 지껄이고, 자네는 무관심한 듯 지루한 표정으로 내 말에 애써 귀를 기울이며, 지금 우리는 함께 나란히 걷고 있지. 하지만 나나 자네나 고독하다는 공통점은 부인하지 못할 걸세. 알겠지, 친구? '가난한 자는 마음이 행복합니다.' 성경에 씌어 있는 말이지. 이것은 행복의 환상을 잃지 않고 있다는 뜻이야. 하지만 인간의 고독한 슬픔을 이해하지 못하고 있는 말이나 다름없어. 이것은 인생을 나처럼 생각하지 않는다는 말과 같은 뜻일세. 나의 삶이란 형이하학적인 피부만으로 접촉하고 있어. 그리고 벗들은 자기의 영원한 고독을 이해하기 위해 보고, 생각하며, 느끼면서, 그리고 의식 앞에 끝없이 고뇌하는 모습에서 이기적인 만족을 발견하는 욕심스런 존재일 뿐이지.

자네는 내가 정신이 좀 어떻게 된 것으로 생각하나? 그러나 성의있게 들어주게. 언제인가 내가 영원히 고독한 존재라는 것을 느낀 순간부터 늘 어둡고 불분명한, 눈에 보이지 않는 것에 위협당하고 있었네. 그것이 차츰 강렬해지는 듯 생각되는 거야. 난 생존해 있어. 하지만, 내 곁에는 무엇 하나 살아 있는 것이 없어. 땅 속 같은 어둠, 이것이 내 인생의 전부야. 이따금 나는 미미한 음향이나 불분명한 소리를 듣고 있지. 그리고 그것들을 통해 어떤 고통을 느낀다네. 그러나 그것이 어디로부터 오는 것인지, 전혀 알 수가 없단 말이야. 그래서 나는 어느 누구와도 만나지 않는다네. 나는 내 주위를 둘러싸고 있는 암흑 속에서 타인의 손조차도 볼 수가 없는 고독한 존재란 말일세. 알겠나? 때때로 이 무서운 고뇌를 이해하는 일단의 사람들이 있었지. 그들은 외쳤어.

'누구야? 거기 가는 사람은… 나를 부르는 자는 아무도 없구나. 나는 언제나 혼자일 뿐이다. 시간은 흘러간다. 오오, 이 고독! 이 공허여!'

그래도 이런 사람들에게는 아직도 약간이나마 희망이 남아 있지. 나처럼 깊은 고독 속으로 빠져들지는 않는다네. 그들은 인생을 환상과 꿈으로 색칠하고 있는 시인이었던 거야. 그 사람들조차도 나만큼 고독하지는 않아.

구스타프 프뢰벨은 이 세상에서 가장 불행한 사람이었네. 왜냐하면 그는 드물게 보는 예언자의 한 사람이었기 때문이지. 그는 어느 여자 친구에게 다음과 같은 절망적인 글을 써 보낸 일이 있었어.

'우리들은 공허한 우주 한가운데 떠돌고 있을 뿐입니다. 누구에게나 이해가 되지 않는 존재입니다.'

사실 그렇지 않은가? 누구에게나 아무것도 이해가 되지 않는 존재가 바로 인간이란 말일세. 우리가 무엇을 생각하든, 무슨 이야기를 나누든, 또 어떤 일을 하든 간에 그 누구도 무엇 하나 이해를 할 수 없다는 거야. 도대체 지구는 공허한 우주 공간에 모래알처럼 뿌려져 있는 수많은 별들의 세계에서 무엇이 만들어지고 있는 지 알 수 있겠는가? 또 우리는 무한한 별들 가운데 모습을 감추고 있는 그 공간의 무의미한 일부분 밖에는 볼 수가 없다는 사실조차도 모르지 않은가? 그리고 이 별들은 서로 모르는 사이에 가까운 유기체 분자로 어울려 하나의 천체를 형성하고 있는 것은 아닐까?

지구조차도 이 별들 속에서 무엇이 만들어지고 있는 것을 모르는 것과 같이, 우리 인간 역시 서로에게서 무엇이 일어나고 있는지를 모르는 걸세. 우리 인간의 관계는 이 별들보다 더 멀리 떨어져 있는 거야. 별이 홀로 있는 것보다 인간이 더 외톨이로 있는 거지. 왜냐하면 영혼에는 밑바닥이 없으니까.

모든 개체들은 합쳐질 수 없는데도 끊임없이 접촉을 시도하고 있어. 이보다 더 무서운 불행이 어디에 또 있겠는가? 우리 인간 역시 서로 사슬에 묶여지기를 바라는 것처럼 사랑의 손을 요구하고 있어. 하지만 하나가 될 수 없는 운명적인 존재가 아닌가? 하나가 되려는 강렬한 요구가 우리를 괴롭히거든. 그러나 아무리 노력해 보았자 헛된 꿈이지. 결국은 어떠한 사랑도 열매를 맺지 못한다는 불안감에 사로잡혀 포옹도 친절도 공허할 뿐이지.

우리는 서로 하나가 되었으면 하고 늘 가까이 가기를 원하고 있어. 그러나 아무리 애써도 그 결과는 서로를 밀어붙이는 미움에 불과한 거야. 내가 누구보다도 깊은 고독에 절망하는 것은 우주 속으로 녹아들고 싶다는 강렬한 욕구가 너무 지나쳐 불안한 공포로 영혼을 지배하는 거지. 늘 상대방은 나를 밝은 눈으로 바라보고 있어. 그러나 배후에 있는 그 사람의 마음을 나는 모른단 말일세. 또 상대방은 나의 말을 조심스럽게 경청하고 있어. 하지만 그가 무엇을 생각하고 있는지? 자네는 그 괴로움을 이해할 수 있겠나?

상대방이 나를 싫어하고 경멸하는지 전혀 알 수가 없지 않은가? 조소하고 있는지도 모르지 않은가? 또 상대방은 내가 하는 말을 모조리 수집하여 판단하고 냉소하며 비방한 나머지 나를 평범한 놈이라든가, 바보 같은 놈이라고 생각하고 있는지도 모르지 않는가? 그런 상대방의 생각을 어떻게 알 수 있다는 말인가? 내가 그를 사랑하듯 그가 나를 사랑하고 있는 지 어떤 지를 어떻게 알겠나? 그 작은 머릿속에 무엇이 움직이고 있는 지 어떻게 알 수가 있겠는가 말일세.

무서운 비밀이지. 타인의 사상은 풀 수 없는 수수께끼란 말일세. 우리가 알 수도 바꿀 수도 방어할 수도 없는 숨은 자유로운 것이지.

그럼 나는 어떤가? 아무리 애써도 마음의 문을 활짝 열어놓을 수가 없다네. 아무도 침입할 수 없는 내면에 나만의 비밀스러운 자아가 도사리고 있는 거지. 불행한 것은 어느 누구도 그것을 열고 안으로 들어올 수가 없다는 것일세. 왜냐 하면, 이 세상에 존재하는 누구도 나와 같을 수 없으니까 말일세. 그러므로 인간은 서로를 이해할 수 없는 단절의 섬을 만들고 있을 뿐이라네.

지금 자네는 나를 이해한다고 말할 수 있을까? 아닐 걸세. 자네는 나를 미친놈으로 생각하고 있어. 나를 주시하고 있는 거야. 그러면서 이 친구는 도대체 어찌된 것인가 하며 자문하고 있을 테지. 그렇지만 언젠가 자네가 나의 무서우면서도 미묘한 고뇌를 이해하게 된다면 이곳으로 달려와 주게. 그리고 한 마디로 '알았다'고 말해 줄 수 있겠나! 그러면 나는 그 순간만이라도 행복했다고 말할 수 있겠지.

특히 여자들은 나에게 더 많은 고독을 가져다준다네.

오오, 이 무슨 슬픔이란 말인가! 사실 나는 여자 때문에 괴로워하고 있음을 자네에게 고백하네. 여자들은 나에게 고독하지 않다는 거짓 희망을 갖게 할 만큼 위력적인 존재이지.

사랑을 할 때, 자네는 자신의 존재가 한층 넓어지고, 어떤 초인적인 행복이 사로잡는 듯이 생각될테지. 그게 왜 그런지 알겠나? 어디서 그와 같은 커다란 행복감이 전해 오는 것인지 알고 있나? 그것은 다만, 자기는 고독하지 않다는 느낌 때문인 거야. 이 얼마나 서글픈 착각인가?

여자는 남자의 마음속까지 파 먹을 듯 끊임없이 사랑을 요구하지.

그리하여 우리를 괴롭히기 위해 허위라는 환상의 덫을 놓는 걸세. 때로는 자네도 머리카락이 길고 강렬한 매혹을 지닌 얼굴을 마주 대하고 있는 달콤한 순간을 알고 있을테지. 눈과 눈이 마주친 것만으로도 남자의 마음은 흔들리게 마련이야. 미칠 듯한 흥분이 이성을 흐리게 만들어 버리지. 야릇한 환상이 우리들을 사로잡아 버리는 걸세.

나와 상대 여자가 하나로 합쳐지는 듯한 환상에 매료되지만, 그것은 다만, 그런 생각의 거품일 뿐이라네. 한주일 동안 목 놓아 기다리고 희망하며 거짓 기쁨을 경험한 다음, 나는 전보다도 더 깊은 고독을 느끼는 걸세.

입을 맞출 때, 포옹을 할 때마다 고독은 열병보다 더 강렬하게 커진다네. 이 얼마나 두려운 일인가? 시인 샐리는 이렇게 표현했네.

숨가쁜 애무도, 미칠 듯한 정열도
슬픔 마음을 가진 사람에게는 열매를 맺지 못한다.
육체와 육체를 합일시켜도
마음과 마음은 합쳐지지 않는다.

그리고 그 다음은 거침없이 이별이 뒤따라오지. 그것으로 여자와 사랑은 함께 떠난다네. 한때는 내 인생의 전부였으며 진실한 사랑의 대상이었던 여자가 이제는 불분명한 모습으로 하찮은 존재가 되어 머릿속의 작은 거품에 불과할 뿐이네.

여자와 내가 일치하여 희망과 노력이 완전히 하나로 합일되었다는 믿음을 가졌을 때, 우연히 여자가 입 밖에 낸 한 마디의 말 때문에 지금까지의 관계가 서로의 기만이었음을 깨닫는 순간 어둠 속의 섬광처럼 두 사람 사이에 가로놓인 간격을 확인하는 아픔을 겪어야 한다네.

그래서 사랑하는 여자와 함께 있고 서로 말없이 앉아있다는 사실만으로도 행복을 느끼는 밤이 가장 좋은 때이지. 그 이상의 것을 바라는 마음은 감정의 사치야. 왜냐하면 두 존재가 완벽하게 함께 된다는 것은 절대로 있을 수 없기 때문이니까.

그래서 지금의 나는 모든 사람들로부터 마음의 문을 닫아 걸고 있네. 나는 내가 믿고 있는 것, 생각하고 있는 것들을 아무에게도 말하지 않네. 나는 내 자신이 무서운 고독을 운명으로 향유하고 있음을 잘 알고 있기 때문에 모든 사물을 무관심하게 바라보고 침묵으로 일관하는 예외자인 셈이지. 타인의 의견이나 논쟁, 만족이 가져다주는 믿음이 나와 무슨 상관이 있겠나? 나는 타인과는 어떠한 관계나 교섭도 가지지 않네. 물론 그들 사이에 끼어들지도 않지. 이보게, 친구! 눈에 보이지 않는 상상은 아무에게도 전해지지 않는 침묵과 같은 것이라네. 매일 반복되는 부질 없는 사람들의 질문이나 미소에 대해서 나는 평범한 대답을 전할 뿐일세. 왜냐하면 나는 진지하게 대답할 마음의 여유가 없다는 것이 변명이야. 이해할 수 있겠나, 자네는?

우리는 긴 보도를 걸어서 개선문 근처까지 왔다. 그리고 그라티 광장에 닿았다. 친구는 한 편의 가을 시와 같은 서정적인 말을 들려주었다. 그 밖에도 많은 이야기를 했지만, 지금은 기억에 남아 있지 않다.

이윽고 벗은 파리교 위에 서 있는 높다란 뾰족한 탑 앞에서 걸음을 멈추었다. 별빛을 받아 버림받은 듯이 보이는 이집트식 기념비가 우울하게 보였다. 그 측면에는 묘한 글자로 이 나라의 역사가 새겨져 있었다. 그러자 갑자기 나의 친구는 손을 들어 기념비를 가리키며 외쳤다.

"우리는 모두 이 돌과 같은 존재야!"

그런 다음 친구는 말없이 발걸음을 옮겨놓았다. 친구가 술에 취해 있었던 것인지. 정신이 돌아버렸던 것인지, 아니면 총명했던 것인지, 나는 지금까지 그 언행에 대해 알 수가 없다.

이따금 나는 친구의 이야기가 옳았다는 생각을 하고 있다. 하지만, 어떤 때는 그 친구가 몽유병자로 생각되어지기도 하는 것이 솔직한 심정이었음을 고백한다.

가난한 사람들

* 도스토예프스키

어두운 폭풍이 무너지고 있는 밤. 가난한 어부의 오막살이 안. 쟈니는 난롯가에 홀로 앉아 누더기 조각의 낡은 돛을 깁고 있었다. 바람은 윙윙 울어대고 비는 작은 들창을 사정없이 때리고 거센 물결은 바닷가로 밀려들며 울부짖었다. 그 요란한 소리가 끊임없이 쟈니의 귀를 어지럽혔다.

바깥은 굉장한 날씨로 불안하도록 어둡고 추웠다. 하지만 가난한 어부의 오막살이 안은 따뜻하고 아늑했다. 바닥은 마른 흙 그대로였지만 깨끗이 치워져 있었고, 난로에는 마른 나무들이 바작바작 소리를 내면서 타오르고 통나무로 짠 찬장에는 말끔히 닦은 접시들이 가지런히 놓여 있었다.

방 안 구석에는 흰 천으로 덮은 낡은 침대가 놓여 있는데 아무도 누워있지 않지만, 방바닥 위에 펼쳐 놓은 커다란 요 위에는 다섯 명의 어린애들이 바다가 울부짖는 소리를 자장가 삼아 잠들어 있었다.

지금까지도 쟈니의 남편은 바다에서 돌아오지 않고 있었다. 어쩌면 빈 배로 돌아올 수가 없어서 어두운 바다에 그물을 던지고 있을지도 모른다. 이렇게 어둡고 추운 밤에 바다에서 고기잡이를 한다는 것은 위험

한 일이다. 하지만 그렇다고 해서 고기잡이를 하지 않을 수는 없지 않은가? 가족들을 굶주리게 내버려 둘 수는 없었다.

그녀는 파도와 바람의 무시무시한 요동소리에 귀를 기울였다. 이따금 날카로운 갈매기의 울음소리가 어둠을 찢고 들려왔다. 빗발이 점점 거세졌다. 그녀의 마음은 차츰 불안으로 흔들렸다. 그녀의 머릿속에 난파라는 무서운 환영이 떠오르기 시작했다. 배는 바위에 부딪쳐 산산조각이 나고 사람들은 물에 빠져 허우적거리고 있다. 무서웠다!

낡은 벽시계는 쉰 듯한 소리로, 그러나 제법 착실히 시간을 따라 흘러가고 있었다.

똑딱똑딱… 지금 아이들은 깊은 잠의 바다에 빠져 있었다.

그녀는 생각에 잠겼다. 세상을 살아간다는 것은 정말 어려운 일이다. 지금도 남편은 자기의 몸을 돌보지 않고 추위와 폭풍의 바다에서 식구들을 위해 시시각각 닥쳐오는 숱한 위험 속에 몸을 내맡기고 그 사이 그녀 역시도 아침부터 밤늦게까지 흐린 램프 불빛을 벗삼아 일을 계속하지 않으면 안 되었다. 그런데 그 결과는 어떠한가. 낮과 밤을 구별하지 않고 부지런히 일하면서 살아간다는 것은 과연 훌륭한 일일까?

그녀의 어린 아이들은 여름이건 겨울이건 맨발로 돌아다니고 밀가루 빵 같은 것은 생각조차 해 본 적이 없는, 겨우 보리밥이나마 굶지 않고 먹게 되면 고마운 일이다. 어쩌다 가끔 생선은 먹을 수 있었다. 그나

마 아이들이 앓지 않고 건강하게 있어주는 것만으로도 하나님의 은혜라고 생각했다.

가난한 생활은 그렇다치고 바람과 바다는 왜 저토록 무서운 소리로 울부짖는단 말인가? 그 이는 지금 어디쯤에 있는지 몰라!

'하나님, 아무쪼록 그 이를 지켜주옵소서. 은혜를 베풀어 주십시오.'

잠을 자기에는 너무나 걱정이 앞섰다. 그녀는 일어서서 두꺼운 겉옷을 걸치고 등불을 들고 밖으로 나갔다. 남편이 돌아왔는지. 바다의 풍랑이 다소 잠잠해졌는지, 또 등대에 불이 켜져 있는지를 살펴보기 위해서였다.

밖은 어두웠다. 가늘지만 세차게 비가 내리고 있었다. 그녀는 마을 어귀 해변에 반쯤 쓰러져가는 낡은 오막살이를 향해 발걸음을 옮겼다. 마치 그 오막살이는 빗속에 잠겨 있는 작은 섬처럼 보였다. 썩어 검은 벽에 낡은 문이 달려 있었는데 바람이 불 때마다 덜컹덜컹 소리를 냈다. 바람은 마치 휩쓸어 갈듯이 이 초라한 오막살이를 향해 몰아쳤다.

문은 처량한 소리를 질렀고, 지붕 위를 덮은 갈대잎은 마치 구원을 청하듯이 웅성거렸다. 그녀는 오막살이 문 앞에 서서 찌그러진 창문으로 안을 들여다보았다. 안은 몹시 캄캄했다.

"저 불쌍한 병자를 돌봐주는 걸 깜빡 잊고 있었구나. 밤이 되면 병세가 더 나빠진다고 마을 사람들이 얘기했는데. 징말 저 이는 혼자 몸으로 아무도 돌봐줄 사람이 없지."

이렇게 그녀는 생각했다.

그녀는 문을 두드리고 나서 무슨 소리가 들려오지 않을까 귀를 기울여 보았다. 그러나 집 안은 조용했다. 아무런 대답이 없었다.

쟈니는 문 앞에 선 채 생각했다.

"딱하게도! 자기가 가족들을 돌보지 않으면 안 될 때 병이 나다니. 정말 야속도 하지. 둘째아이를 낳자마자 과부가 되어 모든 집안팎 일을 혼자 도맡아 하지 않으면 안 될 때 병이 났으니! 이게 무슨 변고람!"

그녀는 몇 번이나 문을 두드려 보았다. 그러나 대답이 없었다.

"이봐요, 어떻게 된 거예요."

쟈니는 목소리를 높였다. 그만큼 바람소리도 요란스러웠다.

"괜찮아요. 잠들었으면 일어나지 않아도 좋아요."

바람은 그치지 않았다. 추위와 비에 젖어 몸이 으슥으슥 떨려오기 시작했다. 그녀가 집으로 돌아가려고 발길을 돌렸을 때, 돌연 겉옷을 채 갈 듯한 강한 비바람에 문이 열렸다. 그래서 그녀는 오막살이 안으로 들어갔다.

비에 젖은 등불이 어둡고 적막한 집 안을 비췄다. 안은 밖과 마찬가지로 축축하게 젖어 음산하고 추웠다. 오랫동안 집안에서 불을 지핀 일이 없다는 것을 알 수 있었다. 지붕의 이곳저곳에서 빗물이 떨어졌다.

쪽문 반대편 지저분하게 쌓여 있는 짚더미 위에 과부가 누워 있었다. 머리는 뒤쪽으로 처져 있었고 창백한 얼굴은 싸늘하게 입을 벌린 채 고통과 절망의 표정으로 얼어붙어 있었다. 그녀는 무엇을 잡으려는 듯 뻗은 여윈 손은 갈대로 엮은 침상 밑으로 축 늘어져 있어 시체임이 분명했다.

죽은 엄마의 발 밑에 놓인 더러운 포대기 속에는 두 어린 것들이 창백한 얼굴이었지만 곱슬머리의 불이 귀여운 어린애가 얼굴을 찌푸리고 금발의 머리를 서로 맞대고 깊은 잠에 빠져 있었다.

죽음이 가까이 있는 것도, 폭풍의 성난 울부짖음도 모르는 평화로운 모습이 가슴을 뭉클하게 했다. 엄마는 죽어가면서도 아이들의 발을 커다란 헝겊 조각으로 감싸주고, 자기의 옷을 아이들에게 걸쳐주는 것을 잊지 않았다.

한 아이는 자그마한 손을 볼에 밀어 넣고 다른 아이는 목에 귀여운 얼굴을 맞대고 있었다. 아이들의 숨소리는 조용하고 순조로웠다. 어느 누구도 아이들의 평화스러운 잠을 방해할 수 없었으리라.

그러나 폭풍은 점점 거칠어질 뿐이었다. 지붕에서 새는 빗방울이 죽은 이의 이마에 떨어지며 흘러내렸다. 마치 우울하게 일그러진 그녀의 얼굴 위의 눈물 방울처럼 말이다.

마침내 그녀는 비바람 속을 뚫고 단숨에 집으로 돌아왔다. 겉옷 밑에다 무엇인가를 감추어 가지고 있음이 분명했다. 심장 뛰는 소리가 요란스럽게 들려왔다. 누군가가 뒤쫓아오는 것 같아 뒤를 돌아볼 수가 없었다.

집에 돌아오자, 그녀는 가져온 짐을 침대 위에 놓고 허둥지둥 포대기로 덮었다. 그런 다음 의자를 가져다가 침대 옆에 놓고 그 위에 앉았다. 그리고는 침대 끄트머리에 머리를 묻었다. 자신의 돌발적인 행동에 파랗게 질려 흥분하고 있었다. 그녀의 양심은 괴로움에 스스로를 비난하고 있는 듯했다. 자기 감정을 못 이겨 이따금 외마디 소리를 질렀다.

"이제 그 이는 뭐라고 할까. 내가 무슨 짓을 했단 말인가! 다섯이나 되는 애들 돌보기에도 허덕이면서 이 무슨 못난 짓이란 말인가? 그 이가 돌아오셨나? 아니야, 차라리 나를 때려주기나 했으면 속이 편할 텐데. 정말 난 매맞을 짓을 했단 말야. 아아, 그 이가 뭐라고 한다면! 좋아, 차라리 단숨에!"

그때 문소리가 들렸다. 누가 온 모양이었다. 그녀는 몸을 떨면서 일어섰다.

"또 바람이 문을 두드린 거야. 하나님, 왜 이런 못된 짓을 저질렀을까요. 어떻게 그 이를 대할 수가 있을까요?"

그녀는 불안 속에서 온갖 괴로운 상념으로 안절부절하면서 오랫동안 침상 옆에 묵묵히 앉아 있었다.

비는 멎어 있었다. 어느 새 새벽이 잿빛으로 펼쳐졌다. 그러나 바람은 여전히 울어대고 바다는 포효를 멈추지 않았다. 그때 느닷없이 문이 열렸다. 그리고 방 안으로 신선한 습기 띤 바깥 공기가 흘러들어왔다. 키가 훤칠한 검게 탄 어부가 젖은 그물을 끌면서 집안으로 들어왔다. 그는 말했다.

"지금 돌아왔어, 쟈니."

"아, 어서 오세요."

그녀는 이렇게 대답했지만 일어선 채 머뭇거리며 제대로 얼굴을 들 수가 없었다.

"지독한 날씬데."

"정말 그래요. 무서운 날씨였어요. 그런데 고기잡인 어땠어요?"

"말도 말어! 한 마리도 안 걸렸다니까. 그물만 찢겨가지고 돌아왔어. 정말 지독한 폭풍이더군. 난 오늘밤 같은 폭풍은 처음 봤어. 바람은 악마처럼 짖어대고 배를 구슬처럼 갖고 논단 말야. 나는 밧줄이 끊어져 배와 함께 바다 속으로 삼켜지는 줄 알았어. 그 동안 당신은 혼자서 뭘 하고 있었지?"

어부는 집안에 그물을 끌어들여 놓고 젖은 몸으로 난롯가에 앉았다.

"저요?"

그녀는 새파랗게 질린 얼굴로 말했다.

"전, 그냥 앉아서 뜨개질을 하고 있었어요. 바람이 너무나 요란한 소리를 내기에 혼자 있기가 무서워서… 당신 일이 걱정돼서 말예요."

"그랬겠지. 정말 굉장한 폭풍이었으니까. 그래서 어떻게 했지?"

남편은 중얼거리듯 말했다.

그들은 한동안 말없이 앉아 있었다. 이윽고 그녀는 무슨 죄지른 사람처럼 머뭇거리며 말했다.

"여보, 시몬이 죽었어요. 언제 죽었는지 모르지만요. 아마 어젯밤 당신이 그이 집에 다녀온 뒤였을 거예요. 죽을 땐 괴로웠겠죠. 아이들 생각을 하면 전 가슴이 메어져요. 아직 젖먹이를 둘씩이나 놔두고 죽었는 걸요. 밑의 애는 아직 말도 못하구. 큰 애는 겨우 기어다니기 시작할 정도인데…."

"참, 기막힌 일도 다 있군 그래."

그는 참다못해 목을 긁으면서 말했다.

"어떻게 하면 좋을까? 우선 아이들을 데려오지 않으면 안 되겠군. 잠이 깨면 엄마를 찾을 텐데. 하지만, 아냐. 어떻게든 함께 살아봐야지. 여보! 빨리 가서 데려 와요!"

그러나 여자는 앉은 자리에서 떠나려고 하지 않았다.

"왜 그래, 싫은가? 아이들을 데려오는 게 맘에 내키지 않아? 왜 그러는 거야? 쟈니."

이윽고 그녀는 일어섰다. 그리고 잠자코 남편을 침상 옆으로 데리고 갔다. 그리고는 덮었던 포대기를 벗겼다. 거기에는 죽은 이웃 여인의 두 어린애들이 평화로운 꿈속에서 잠의 나라를 여행하고 있었다.

싯다르다

* 톨스토이

기원 전 5세기 초엽, 인도 히말라야 산 높은 기슭 베나레스에서 북쪽으로 며칠 동안 여행을 하면 가비라성에 닿는다.

그곳 성주는 정반왕 수도타나였다. 그에게는 두 아내와 두 명의 자매가 있었는데, 두 아내는 오랫동안 아이를 낳지 못했다. 그런데 노년에 나이 많은 마야 부인이 아들 싯다르다를 낳았으므로 왕은 매우 기뻐했다.

싯다르다가 열아홉 살이 되었을 때, 그의 아버지는 사촌 동생 아름다운 야수다라와 결혼시켜 이들 젊은 부부를 궁전에서 살게 했다.

궁전은 아름다운 정원과 울창한 숲속에 자리잡고 있어 젊은 싯다르다의 감정을 사로잡는 온갖 것들이 넘쳐났다.

사랑스런 아들에게 행복하고 즐거운 생활 속에서 살 수 있도록 정반왕은 싯다르다를 섬기는 시종들에게 엄명을 내려 왕자에게는 절대로 슬픈 생각을 갖게 해서는 안 되며 슬픈 상념을 일으킬 만한 어떠한 것도 보여주지 못하게 지시했다.

싯다르다는 자기가 사는 궁전에서 한 발자국도 밖으로 나갈 수가 없었다. 그리고 궁전 안에서는 상처 입은 것, 더러운 것, 노쇠한 것은 볼 수가 없었다. 싯다르다의 시종들은 보기에 불쾌한 느낌을 갖게 하는 아주 사소한 것들까지 치워 버리기 위해 애를 썼다.

심지어 정원 나무의 마른 잎은 깨끗이 훑어 버렸고, 동물들도 병에 걸리거나 늙은 것은 어리고 건강한 놈으로 바꾸었다.

궁궐 안의 시종들도 한결같이 젊고 아름다운 용모의 소유자들이었다. 이렇듯 싯다르다는 자기와 똑같이 아름답고 건강하고 즐거운 풍요로운 삶을 즐기는 행복한 인생만을 볼 뿐이었다.

싯다르다는 일 년 동안 이런 변함 없는 일상 속에서 지내왔는데. 언제부터인가 그런 것에 조금씩 싫증을 느끼기 시작했다. 뭔가 좀 다른 사람들의 생활을 보고 싶다는 생각에 이르게 되었다.

그래서 싯다르다는 어느 날 마부를 시켜 마차를 준비해 가지고 궁궐을 빠져 나가 생전 처음 거리로 나갔다.

젊은 왕자의 눈에 비치는 모든 것. ─ 길거리와 집, 바삐 움직이는 사람들, 색다른 옷을 입은 남자와 여자, 가게에 쌓여 있는 물건들 모두가 싯다르다에게는 신기하고 매혹적으로 보였다.

어느 큰 거리에서 싯다르다의 시선을 끈 것은 그가 여태껏 한 번도 본 일이 없는 한 인간의 모습이었다.

그 사람은 붉은 얼굴에 입을 벌린 채 거친 숨을 고통스럽게 내쉬면서 어느 집 벽에 힘 없이 기대앉아 큰 소리로 슬픈 듯이 신음하고 있었다.

"저 사람은 왜 저러는가?"

싯다르다는 마부에게 물었다.

"네, 저 사람은 병이 나서 그러는 겁니다."

마부가 대답했다.

"병이라니?"

"병이란 몸의 건강 상태가 잘못된 것을 말합니다. 저 사람은 그래서 괴로워하고 있는 것입니다."

"정말 괴로워 보이는구나. 그렇지만 어째서 저 사람만 병에 걸린단 말이냐? 왜 우리들 중에는 병이 없느냐?"

"병은 누구나 다 걸립니다."

"나도 걸린다는 말이지?"

마부는 대답하지 않았다. 싯다르다도 더 이상 묻지 않았다.

얼마쯤 가자 싯다르다가 탄 마차 앞으로 한 노인이 구걸을 하기 위해 길을 막아섰다. 등이 굽고 빨간 눈에 눈물이 고인 노인은 마르고 떨리는 다리를 질질 끌면서 무슨 말인지 알아듣지 못할 소리를 중얼거렸다.

"이 사람도 병자인가?"

싯다르다는 물었다.

"아닙니다. 이 사람은 노인입니다."

마부가 대답했다.

"노인이라니?"

"나이를 많이 먹은 사람이란 말씀입니다."

"어째서 이렇게 되는 거냐?"

"오래 살았기 때문입니다."

"사람은 누구나 나이를 먹는 것이냐?"

"네, 누구든지 나이를 먹고 늙게 마련입니다."

"그만 궁궐로 돌아가자."

싯다르타의 음성은 무거웠다.

마부는 황급히 말을 몰았으나 거리 변두리에서 많은 사람들 때문에 길이 막혔다. 들것에 사람 모습을 한 물체를 싣고 어디론가 가고 있는 중이었다.

"저것은 뭐냐?"

싯다르타가 물었다.

"죽은 사람의 시체입니다. 저 사람들은 시체를 태우기 위해서 운반하고 있는 중입니다."

마부가 대답했다.

"죽음이란 도대체 뭐야?"

싯다르타가 물었다.

"죽음이란 생명이 끝난다는 것을 말합니다."

"어떻게 끝난다는 거야? 인생에 끝남이 있느냐?"

"사람이 죽으면 인생은 끝나는 것입니다."

싯다르다는 마차에서 내려 시체를 운반하고 있는 사람들 곁으로 갔다. 시체는 유리알 같은 눈을 뜨고 더러운 이빨을 드러내고 있었으며 몸은 완전히 굳어 있었다.

"어째서 이 사람만이 이런 꼴이 되었느냐?"

싯다르다는 물었다.

"누구든지 이렇게 되는 겁니다. 인간은 누구나 다 죽습니다."

싯다르다는 되풀이해서 말했다. 그리고는 마차로 돌아갔다. 그는 마차에서 머리를 깊이 숙인 채 궁궐로 돌아왔다.

하루 종일토록 싯다르다는 홀로 정원 한구석에 앉아 움직이지 않았다. 그리고 자기가 본 것에 대해 깊은 생각에 빠졌다.

모든 사람은 병에 걸리고, 늙고, 그리고 죽어 버리는 것이다. - 한 시간 뒤에 자기 자신도 병에 걸릴는지 모른다는 사실, 매시간 나이를 먹어가며 육체가 시들고 쇠약해져서 반드시 죽고 만다는 것을 알면서도 인간은 어떻게 살 수가 있단 말인가?

"절대로 이럴 수는 없어."

그는 자신에게 소리쳤다.

"이런 고통에서 벗어날 길을 찾지 않으면 안 되겠다. 내가 그 길을 찾아 낼 것이다. 그래서 사람들에게 그 길을 가르쳐 줘야 한다."

싯다르다는 결심했다. 그리하여 다음날 밤, 그는 마부를 불러 말을 준비할 것과 궁궐 문을 열어두도록 명했다. 집을 떠나기 전에 그는 자기 아내의 처소로 갔다.

아내는 잠이 들어 있었다. 싯다르다는 그녀를 깨우지 않았다. 마음속으로 아내에게 작별을 고하고 잠든 집안 사람들을 깨우지 않도록 조용히 걸으면서 궁전으로 다시는 돌아오지 않을 굳은 결심을 하며 떠났다.

싯다르다에게는 목적지가 있을 수가 없었다. 무작정 자기 나라와 멀리 떨어진 곳, 말이 힘에 지쳐 더 이상 움직이지 못할 때까지 낮과 밤을 가리지 않고 무작정 가고 있을 뿐이었다.

그는 도중에서 만난 중에게 부탁하여 옷을 바꾸고 머리를 깎고 중생 제도의 도를 찾아 파라문교의 성승에게로 가서 가르침을 받았으나 윤회와 모든 욕망에서 도피하여 자신의 몸을 깨끗이 하는데 중점을 두고 있는 교리는 그를 만족시키지 못했다.

결국 그는 그에게서 떠나 깊은 숲속으로 들어가 단식과 노동을 하면서 육 년의 세월을 보냈다.

구원은 자기의 육체를 괴롭히는 곳에 있다고 배웠기 때문이다. 그러나 이 구도의 길도 그를 만족시킬 수 없었다. 단식하며 자기 육체를 괴롭힌 까닭에 그는 얼마 안 가서 몸을 움직일 수 없게 되었다.

그런 고통을 겪으면서도 구원의 길을 찾을 수가 없었으므로, 그는 단식이나 육체를 죽이는 것 같은 따위의 허망한 의식에서 벗어나 사색과 죄를 회개하는 자기 반성에서 구원을 찾아보려고 결심했다.

그 무렵부터 그에게는 제자들이 찾아들게 되었으며, 많은 사람들로부터 영광과 찬사를 받게 되었다. 그러자 여러 가지 유혹이 나타났다. 지난날 젊은 왕자로 영광과 풍족함을 버린 것들이 아깝게 생각되었으며 아버지와 아내의 곁으로 돌아가고 싶은 생각에 빠져들게 되었다.

그러나 그는 자기의 덕성의 타락을 깨닫자 깜짝 놀라 제자들과 자신을 따르고 있는 사람들에게서 벗어나 아무도 모르는 곳으로 가 버렸다.

그는 오랫동안 마음속의 갈등에 격심한 괴로움을 받았다. 그러나 그가 보리수 아래 단좌하여 사색을 계속하던 중에 돌연 그의 앞에 구원의 길이 열렸다. 그 구원의 길은 다음과 같은 것이었다.

무릇 육체적인 것은 일시적인 것으로 언제인가는 멸망하지 않으면 안 된다. 인간이 육체에만 얽매어 있는 한 고통과 쇠퇴와 죽음 속에 묶여 있지 않으면 안 된다.

여기서 벗어나려면 어떻게 하면 좋을까? 인간의 마음이 육체적인 것에 연결되어 있는 한 사람은 살아가기를 욕구한다. 그리하여 욕망이 만족되지 않는 불행과 죽음의 공포가 고통을 낳는다. 그러므로 육체적인 추악한 욕망을 없애 버리지 않으면 안 된다.

그의 가르침은 네 가지 진리에 대한 자의식으로 이루어져 있다. 첫

번째 진리는 모든 사람은 고통에 가득차 있다. 두 번째 진리는 고통의 원인은 육욕에 있다. 세 번째 진리는 고통은 육욕을 없애므로써 피할 수 있다. 네 번째 진리는 해탈은 구원의 네 단계에 의해서 완성된다는 것이다.

그 첫 단계는 심령의 각성이다. 둘째 단계는 불순한 생각이나 복수심에서 해방되는 것이다. 셋째 단계는 의혹이나 원한이나 성급함에서 해방되는 것이다. 넷째 단계는 자비이다.

사람에 대해서 뿐만 아니라 생명이 있는 모든 생물에 대한 사랑이다. 자신의 육욕을 죽이기 위한 성찰이 악한 여러 가지 생각으로부터 마음을 정화시키는 정숙으로 쏠려져야 한다. 참된 교화, 참다운 자유는 오직 사랑 가운데 있는 것이다. 자기의 육욕을 사랑으로 바꾸는 것으로 사람은 무지와 정욕의 사슬을 끊어 버리고 고통과 죽음에서 벗어날 수 있는 것이다.

이상과 같은 가르침을 이르기 위한 법칙은 다음 열 가지 계율에 나타나 있다.

(1) 살상하지 말라, 생명을 소중히 여겨라.

(2) 도둑질하지 말라, 빼앗지 말라, 자기의 노동에 의해 만들어진 것이 모든 사람들을 이롭게 조력하라.

(3) 불순과 해독에서 깨끗한 생명을 보호하라.

(4) 거짓말을 하지 말라. 항상 진실을 말하라, 두려워 말고 사랑을 지녀라.

(5) 못된 소문은 마음에 두지 말라. 못된 거짓말을 퍼뜨리지 말라.

(6) 맹세하지 말라.

(7) 잡담에 시간을 허비하지 말라. 용건만을 말하라. 그 밖에는 입을 열지 말라.

(8) 이욕을 쫓지 말라. 질투하지 말라. 그러나 이웃사람의 행복을 기뻐하라.

(9) 마음속에서 악을 깨끗이 쓸어내라. 적에 대해 미움을 품지 말라. 그러나 모든 것을 사랑으로 보라.

(10) 불신앙에서 해방되라. 그리하여 진리를 이해하도록 힘쓰라.

이와 같은 가르침을 불타 싯다르다는 설법하고 전파했다. 처음 제자들은 그를 버렸으나 다시 모여들었다. 그리하여 불타는 파라문 교도에게는 박해를 당했으나 그의 가르침은 더욱 퍼져 나갔다.

불타는 육십 년이나 되는 오랜 기간 동안 이곳저곳을 돌아다니면서 자신의 가르침을 설법했다. 그러다가 한 마을에서 다른 마을로 가는 도중 죽음이 그에게 찾아왔다. 그때 그의 나이 여든 살이었다.

그 무렵 그는 몹시 쇠약해져 있었지만, 변함없이 계속 걸어 다니며 설법했다.

그렇게 옮겨 돌아다니던 중, 그는 심한 피로를 느끼며 이렇게 말했다.

"목이 타서 심히 괴롭구나."

제자들은 그에게 물을 주었다. 그는 물을 조금 마시고 그 자리에서 잠시 쉬고 있다가 곧 다시 일어나 걷기 시작했다. 그러나 발타 강가에서 걸음을 멈추고 나무 밑에 앉아서 말했다.

"죽음이 다가온 것 같다. 내가 죽은 뒤에도 너희들에게 말한 모든 것을 기억하라."

그의 애제자 아난타는 그 말을 듣고 참을 수가 없어 옆으로 물러나며 울었다. 싯다르다는 곧 그를 마중 보내어 위로하며 말했다.

"이젠 됐다. 아난타. 울고불고 하면 못 쓴다. 일찍이든 늦게든 우리들은 친한 모든 사람과 헤어지지 않으면 안 되는 거야. 이 세상에 영원한 것이 있는가?"

그는 다른 제자들을 향해서 덧붙여 말했다.

"나의 벗이여, 내가 그대들에게 가르친대로 살아나가라. 그대들에게 달라붙어 있는 정욕의 그물에서 해방되라. 파멸은 온갖 육체적인 것에 있어서는 피할 수 없지만, 진리는 파멸하지 않는 것이며 영원한 것임을 기억하라. 그 속에서 자기의 구원을 탐구하라."

이것이 그의 마지막 말이었다. 이 말을 마친 다음 이 세상에서 조용히 사라져 갔다.

소크라테스의 죽음

* 플라톤

소크라테스가 감옥 안에서 죽은 지 얼마 안 되어, 그의 제자 중에 한 사람인 에케크라테스가 황급히 동료 파이돈을 찾아갔다. 파이돈은 소크라테스의 임종을 끝까지 곁에서 지켜보았기 때문이다.

그래서 에케크라테스는 페이돈에게 그 날에 있었던 모든 일, 즉 소크라테스가 무슨 말을 했고, 어떤 일을 했으며, 또 어떻게 죽어갔는지를 자세히 말해 달라고 부탁했다.

파이돈은 다음과 같이 이야기했다.

그 날 우리는 여느 때와 같이 감옥 바로 옆 건물에 있는 재판정 안으로 들어갔다. 그러자 우리를 감옥 안으로 들여보내주던 간수장이 나와서 지금 소크라테스의 재판이 진행 중에 있으니 잠시 기다리라고 했다.

그때 그들은 소크라테스의 시슬을 풀고 독을 마시라고 명하고 있었던 것이다.

잠시 동안 초조하고 불안한 시간이 흘렀다. 그러자 간수장이 다시 나와서 들어오라고 했다. 우리가 들어가보니 소크라테스의 옆에는 산티페 부인이 창백한 표정으로 어린아이를 끌어안고 나란히 앉아 있었다.

산티페 부인은 우리를 보자, 이런 경우에 모든 여자들이 흔히 그렇듯

이, 갑자기 소리를 내어 울부짖으며 넋두리를 늘어놓았다.

"오늘의 면회가 마지막이에요. 이젠 더 이야기를 나눌 시간이 없답니다."

소크라테스는 아내를 달랬다. 그리고는 잠시 동안 우리 끼리만 있게 해 달라고 부탁했다. 산티페 부인이 나가자, 소크라테스는 침상 끝에 앉아서 몸을 구부리고 두 손을 비비며 우리를 바라보며 아주 침착한 어조로 말했다.

"여보게들, 만족이란 고통과 결부되어 있는 거야. 이것은 놀라운 일이지. 나는 수갑과 쇠사슬로 묶여 있는 자세가 매우 고통스러웠지만, 이제 사약을 선고받고 풀려나고보니 말할 수 없이 만족스럽단 말야. 이걸보면, 분명히 하느님은 두 가지 상반된 것을 함께 즐기고 싶어 하신단 말일세. 고통과 만족을 동시에 묶어놓고 한쪽이 없으면 다른 쪽도 경험할 수 없게 하시는 거지."

소크라테스는 아직 무엇인가 더 말하고 싶은 듯한 표정을 지었다. 그러나 함께 있는 크리톤이 문 너머로 누군가와 작은 소리로 속삭이고 있는 모습을 보자, 그들이 무슨 이야기를 하고 있는지 물었다.

"선생님께 독을 마시도록 명령 받은 간수의 전달 내용을 듣고 있는 중입니다. 그의 말에 의하면 될 수 있는 대로 이야기를 나누지 말라고 합니다. 독약을 선고 받은 사람이 흥분되면 약의 효과가 약해져서 두 번 세 번 마시지 않으면 안 된다는 이야기입니다."

"그게 무슨 문제야? 두 번이고 세 번이고 얼마든지 마셔 주지. 나는 자네들과 이야기를 나눌 기회를 놓칠 수가 없어. 그리고 평생을 통해서 성현의 길을 걸어온 사람에게는 죽음이 다가오는 것이 오히려 즐겁다는 것을 보여줄 기회를 잃고 싶지 않다는 말일세."

소크라테스는 아주 침착하게 말했다.

"하지만, 선생님께서는 저희들을 남겨 두고 가시지 않습니까? 그런데도 만족하시다는 말씀입니까?"

우리들 중의 누군가가 물었다.

이에 소크라테스는 조용하면서도 단호하게 말했다.

"물론이지. 만약 자네들이 내 입장이 되었다 해도 변함이 없을 걸세. 전 생애를 통해서 방해물이었던 육체의 정욕을 억제하려고 노력해 온 인간이 그 육체에서 해방되는 것을 기뻐하지 않을 수 없다는 사실을 유쾌하게 이해할 수 있을 걸세. 죽음은 육체에서의 해방에 지나지 않은 거야. 내가 종종 자네들에게 가르친 완성이라는 참뜻은 육체와 영혼과의 구별을 분명히 하고 영혼을 육체밖에 있는 자기 자신 안에 집중시키는 것을 의미하지. 죽음은 이를 위해서 가장 아름다운 자유를 선물하는 것일세. 일생 동안 예고없이 죽음이 찾아오더라도 이미 준비가 된 삶을 살아온 인간이 막상 그때가 되어 당황한다는 것은 우습지 않은가? 그런 연유로 내가 자네들과 헤어져 슬프게 하는 것은 괴롭지만, 그렇다고 죽음을 환영하지 않을 수 없지 않은가. 죽음은 내 전 생애를 통해서 염원해 온 실현에 지나지 않으므로 자네들을 이 세상에 남겨두고 가면서도 내가 슬퍼하지 않는 데 대한 변명일세. 나의 이 변명은 내가 법정에서 한 변명보다 더 믿어주기를 간절히 바라고 있네."

소크라테스는 이렇게 말하면서 미소 지었다.

"하지만, 그러기 위해서는…."

하고 케베스가 믿을 수 없다는 표정으로 말했다.

"육체를 떠난 뒤에 영혼이 티끌이나 연기처럼 소멸하거나 파괴되는 것이 아니라는 사실을 믿지 않으면 안 됩니다. 그런 사실을 알고 또 믿을 수만 있다면 세상의 모든 일은 선생님 말씀대로라고 해도 좋겠지요. 그러나 그것을 믿을 수가 없다면, 이것은 인간의 불행이 아니겠습니까?"

"옳아. 자네의 말대로야."

소크라테스는 명쾌하게 말했다.

"물론 그것을 전적으로 믿을 수는 없다는 사람도 있겠지. 하지만 그것을 믿지 않으면 안 될 분명한 이유가 있다네. 옛 성현의 가르침은 죽은 사람들의 영혼이 저승에 가서, 이 세상에 다시 태어날 때까지 거기서 계속 존재한다고 말하고 있지. 이 가르침을 믿든지 안 믿든지 간에 사람들은 죽어서 태어난다는 사실, 사람들 뿐만 아니라 온갖 동물이나 식물들도 다시 태어난다는 것을 믿어야 할 커다란 이유가 있는거야. 만약 그것이 사실이라면 생존해 있는 자는 죽음을 두려워할 게 없어. 죽음은 오직 새 삶으로의 변화에 지나지 않는 것이니까 말일세. 이런 사실은 다음과 같은 추론만으로서도 충분히 믿을 수 있지. 즉 우리 모두는 이 세상에 살고 있으면서, 다시 태어날 영혼들이 존재하고 있는 저세상의 생활을 기억하고 생각할 수 있는 것들을 가지고 있다는 확신은 인간만의 가치란 말일세."

그러고 나서 소크라테스는 우리들이 전에도 여러 번 들은 바 있는 존중 즉, 우리가 지니고 있는 모든 지식은 다만, 기억에 불과하다는 예를 들어 다시 이야기를 계속하였다.

"만약 우리의 영혼이 현세 이전에는 살고 있지 않는 것이라면, 기억이란 있을 수 없네. 그러니까 설령 인간의 육체는 반드시 죽어야 하는 일회적인 존재라고 하더라도 사물을 알고 또 기억하는 능력을 지니고 있는 이상 영혼은 육체와 더불어 소멸하는 것은 아니라는 확신이 나의 지론이네. 그러나 우리들의 모든 지식이나 영혼이 있는 전세의 생활에 대한 기억일 뿐이라고 생각되는 것만으로는 충분하지 않을 걸세. 인간의 육체에서 독립된 불멸의 영혼이 존재한다는 데 대한 중요한 증거는 다음과 같은 점을 말할 수 있지. 즉 우리들의 영혼에 대해서 가장 원초적인 것은 아름다움이나 선함, 정의나 진리에 속하는 관념이라는 점,

그뿐만 아니라, 이들 관념이 영혼의 본질을 형성하고 있다는 사실에 유의하기 바라네. 그리고 이들 관념은 죽음에 속하는 것이 아니기 때문에 우리들의 영혼도 죽음에 속하는 것이 아니란 말일세."

소크라테스는 조용히 말을 끝냈다. 우리들은 모두 잠자코 있었다. 다만 케베스와 심미아스만이 작은 소리로 무엇인지 속삭이고 있었다.

"지금 자네들은 무슨 이야기를 하고 있나?"

소크라테스가 물었다.

"자네들이 내가 방금 말한 문제에 대해서 이야기하는 것이라면 그 생각을 말해 주게. 만약 자네들이 내 말에 찬성하지 않고, 더 좋게 이해를 도울 수 있는 설명을 알고 있다면 숨김없이 이야기해 주겠나?"

"제가 말씀드리겠습니다."

하고 심미아스가 입을 열었다.

"저는 선생님의 말씀에 대해 동의할 수 없습니다. 그래서 여쭈어 보려고 합니다. 하지만 이런 질문이 선생님을 언짢게 하지 않을까 걱정입니다."

소크라테스는 웃으면서 말했다.

"나는 말일세. 나에게 어떤 일이 일어나도 결코 그것을 불행이라고는 생각지 않는다네. 이런 내 생각을 다른 사람들에게 믿게 한다는 것이 참 힘이 드는군. 자네들까지 그걸 믿지 않는다면 다른 사람들이야 말할 나위도 없지 않겠는가. 지금의 나는 평상시와 조금도 다름 없는 정신 상태로 있네. 쓸데 없는 걱정은 말고 어서 자네의 의문나는 점을 솔직히 물어주게."

"그럼 제가 의문을 가지고 있는 점을 말씀드리겠습니다."

심미아스는 말했다.

"저에게는 선생님께서 영혼에 관해서 하신 말씀이 제대로 납득이 가지 않습니다."

"어떤 점이 그렇단 말인가?"

소크라테스가 물었다.

그러자 심미아스가 이어 말했다.

"선생님께서 영혼에 관해서 하신 말씀은 현악기를 연주하는 것과 비교해서 말할 수 있을 것 같습니다. 현악기의 현만을 생각할 때는 육체와 마찬가지로 일시적인 것이라고 하겠습니다. 그러나 그 현악기가 내는 소리는 육체적인 것도 아니고 죽음에 속하는 것도 아니라고 생각합니다. 가령 악기가 깨지고 현이 끊어져도 그 악기가 낸 소리는 결코 죽은 것이 아니며, 깨진 뒤에도 어디엔가 남아있다고 할 수 있습니다. 그러나 우리는 악기의 소리는 팽팽한 현에 긴장을 가함으로써 생기는 것만을 알고 있습니다.

마찬가지로 우리의 영혼도 육체의 여러 가지 요소를 어떤 관계에 연관시켜 놓음으로써 결합되어 파생된 것이 아니겠습니까? 그러므로 악기의 소리가 그것을 형성하고 있는 일부분이 깨짐으로써 소멸되는 것과 같이, 우리의 영혼도 육체를 형성하고 있는 일부분이 깨짐으로써 사라져 버리는 것이 아니겠습니까? 즉 여러 가지 병이나 노쇠, 편중에 의해서 육체가 해체되어 그 결과로 영혼도 소멸되어지는 것이라고 생각됩니다."

심미아스가 말을 끝냈을 때, 나중에 서로 나눈 말이지만, 그때 우리들은 불안한 생각을 하고 있었다.

영혼의 불멸에 관한 소크라테스의 말을 믿어야 될지 망설이는 가운데 강한 반대의 논증이 나와서 우리를 괴롭혔던 것이다. 우리들은 이 문제에 관해서 논의된 것들 뿐만 아니라 앞으로 이야기될 수 있는 모든 내용에 대해서도 불안을 느끼기 시작했던 것이다.

나는 종종 소크라테스의 언행에 대해 경이로운 감명을 느끼고 있었으나 이때처럼 놀란 적은 없었다.

소크라테스가 조금도 난처함 없이 답변을 하는 태도는 놀라운 일이 아닐지 모른다. 그러나 심미아스의 공격적인 말에 조금도 언짢아 하지 않고 고개를 끄덕이면서 듣고 있는 관대함과 평정은 참으로 놀라운 태도였다. 그리고 소크라테스는 심미아스의 말뜻을 확인한 다음, 참으로 지혜로운 재주를 발휘하여 우리들의 의혹을 풀어주었다.

나는 그때 소크라테스의 오른편 침상 옆의 낮은 의자에 앉아 있었는데, 그는 나보다 좀 높은 위치에 있었다.

이런 경우 소크라테스는 나의 머리카락을 만지작거리는 버릇이 있었다. 그래서 이때도 나의 머리를 손으로 어루만지면서 말했다.

"파이돈, 자네는 이 아름다운 머리카락을 잘라도 괜찮다고 생각하나?"

"네?"

"아니지, 잠깐만 나와 내기를 할까?"

"무슨 말씀이십니까?"

나는 의아해 하며 물었다.

"자네는 내일 머리를 깎도록 약속하는 거야. 단, 내가 조금 전에 말한 문제에 대해서 훌륭하게 설명을 할 수 있을 경우에 말이지. 만약 내가 제대로 설명을 하지 못하면, 나는 오늘 내 머리를 깎아 버리겠어."

나는 웃으면서 승낙했다. 그러자 소크라테스는 심미아스를 향해서 말했다.

"심미아스! 자네 말대로 영혼은 현악기 소리와 비슷하네. 그래서 악기 소리가 현과의 바른 관계에 의해서 생겨나는 것처럼 우리의 영혼도 육체의 모든 요소들 사이의 일정한 관계에서 생기지. 그렇다면, 지금 우리들의 모든 지식은 자신의 뛰어난 재능과 지혜로 깨닫고 있는 것이 기억이라면 모순되지 않은가? 만약 영혼이 육체의 각 부분의 일정한 관계의 결과라는 말이 어떻게 성립되겠나?

그렇다면 우리 자신의 모든 지식이 뛰어난 재능과 지혜를 통해 기억이라는 것을 인정한다면, 우리의 영혼이 육체로부터 독립된, 그 자신의 실체를 가지고 있다는 것도 인정하지 않을 수 없다네. 이밖에도 현악기 소리와 영혼과는 다음과 같은 점에서도 다르다는 것이 분명하네.

즉 악기의 소리는 자기 자신이라는 사실을 모르지. 그러나 영혼은 자기 자신의 생활을 알고 있는 거야. 알고 있을 뿐만 아니라, 그것을 이 끌어가고 있는 거지. 악기의 소리는 악기의 상태를 스스로 바꿀 수는 없다는 점을 놓쳐서는 안 되네. 그리고 소리는 악기에만 의존하지. 하지만 영혼은 육체에서 독립하여 육체의 상태를 자유로이 바꿀 수가 있다네.

예를 들자면, 지금 나의 육체의 모든 요소들은 어제와 똑같이 정당한 상호관계를 유지하고 있다는 거야. 왜냐 하면 자네들도 알고 있다 싶이 내가 크리톤이 권하는 대로 이 감옥에서 도망쳤다면, 지금 이렇게 형의 집행을 기다리면서 자네들과 이야기를 나누고 있지는 않았을 것이니까.

내가 크리톤의 권유에 동의하지 않은 것은 공화국의 판결을 따르는 편이 도망치는 것보다 정당하다고 생각했기 때문일세. 이것은 곧 악기의 소리가 악기의 파멸을 선고한 것이 되는 거야. 즉 내 속에는 자신의 불멸의 본원을 알고 있는 어떤 것이 존재한다는 사실을 증명하는 이유가 된다는 걸세.

그렇기 때문에 내가 충분히 명확하게 설명할 수 없다 하더라도, 나는 내 자신의 내부에 육체를 넘어선 자유로운 본연적인 것이 존재함을 인정하지 않을 수 없는 걸세. 그렇기 때문에 나의 영혼이 불멸임을 믿지 않을 수 없다는 말일세."

소크라테스는 계속 말을 이었다.

"그리고 만약 영혼이 불멸이라면, 우리는 이 세상에서의 삶을 위해 영혼을 지켜야 할 뿐만 아니라, 육체가 사멸한 뒤에도 영혼을 지키지 않으면 안 되는 것일세.

왜냐하면 영혼은 불멸하여야 하고, 그 영혼이 이 세상에서 얻은 것을 다른 생활로 승화시키는 지혜와 같다면 그것들을 될 수 있는 한 훌륭하고 바른 것으로 만들지 않으면 안 되네."

그리고 나서 잠시 말을 멈추었다가 소크라테스는 다음과 같이 덧붙였다.

"하지만 여보게들, 이젠 몸을 씻어야 할 시간이 되었나 보군. 몸을 깨끗이 씻고 나서 독을 마시는 편이 좋겠지. 여자들에게 시체를 씻기는 수고를 덜어주기 위해서라도 말일세."

소크라테스가 이렇게 말했을 때, 크리톤은 그의 아이들을 죽은 뒤에 어떻게 할 것이냐고 물었다. 그러자 소크라테스가 대답했다.

"크리톤이여! 내가 늘 말해 온 대로 하면 되는 거야. 아무것도 새로운 것은 없어. 자기 자신을, 자신의 영혼을 지키는 거지. 다만 그렇게 함으로써 자네들은 나를 위해서, 나의 애들을 위해서도, 또 자네들 자신을 위해서도 가장 좋은 일이 되는 거야. 새삼스럽게 약속을 하지 않더라도, 그렇게만 하면 되는 걸세."

"약속대로 그렇게 하겠습니다. 하지만 장례식은 어떻게 할까요?"

다시 크리톤이 물었다.

"아무렇게 해도 상관없네."

소크라테스는 담담하게 웃으면서 대답했다. 그리고 덧붙여 말했다.

"여보게들, 자네들과 이야기하고 있는 것이 바로 나란 말인가? 잠시 후면 싸늘해지고 또 움직이지 않게 되는 것이 내가 아니라는 사실을 크리톤에게 믿게 할 수 없을 것 같군."

이렇게 말한 다음 소크라테스는 일어나 옆방으로 몸을 씻으러 갔다. 크리톤이 그의 뒤를 따랐다. 손짓으로 소크라테스는 우리에게 기다리고 있으라고 했다. 그래서 우리들은 방금 들은 이야기와 우리의 기둥이며 스승이며 지도자였던 분을 잃지 않으면 안 되게 된 불행에 관해서 이야기를 나누며 기다리고 있었다.

소크라테스가 목욕을 끝냈을 때. 그의 아이들이 안으로 들어왔다.

소크라테스에게는 두 명의 어린아이와 장성한 한 명의 아들이 있었다. 동시에 그의 하녀들도 자리를 함께 했다.

잠시 동안 소크라테스는 아이들을 비롯하여 하녀들과 이야기를 나눈 다음 우리들이 있는 곳으로 왔다. 주위는 이미 해가 저물어가고 있었다.

얼마쯤 지나자 관리가 들어왔다. 그는 소크라테스에게 말했다.

"소크라테스여! 당신께서는 나에게 조금도 화를 내거나 욕을 하거나 소리를 지르지 않는군요. 여태껏 내가 독을 마실 때가 되었다고 알리러 오면, 어떤 죄인이건 간에 모두 화를 내고 욕을 하며 아우성을 쳤습니다. 나는 얼마 전부터 당신이 어떤 분이신지 잘 알고 있습니다. 나는 당신이야말로 이 곳에 온 죄인들 중에서 가장 고귀하고 선량한 분이라고 생각합니다. 부디 나를 나쁘게 생각지 말아주십시오. 당신께서는 당신에게 이런 형벌을 선고한 사람을을 알고 계실 겁니다. 그들을 미워하십시오. 나는 다만 독을 마실 때가 되었음을 알려드리러 온 것 뿐입니다. 용서하십시오. 그리고 피할 수 없는 현실을 되도록 편안히 받아들이시도록 마음의 준비를 갖춰 주십시오."

이렇게 말하며 그 관리는 울음을 터뜨렸다. 그리고 고개를 돌린 채 황급히 나가 버렸다.

"그럼 안녕히! 자, 그러면 우리는 우리가 해야 될 일에 대해 생각합시다."

소크라테스는 이렇게 말한 다음, 우리에게로 얼굴을 돌렸다.

"저 관리는 정말 좋은 사람이야. 여러 날 동안 여기서 그와 많은 이야기를 나눴었지. 그러는 동안 나는 그가 매우 훌륭한 사람이라는 것을 알았어. 지금 또 얼마나 마음 속 깊이 나에게 대해서 슬퍼해 주었던가. 그럼 크리톤 명령대로 해 주게. 준비가 되었으면 독약을 가져오도록 전해 주게."

크리톤이 당황해 하면서 말했다.

"선생님, 아직 태양이 중천에 있습니다. 더 늦은 뒤에라도 괜찮지 않습니까? 또 대개 사람들은 밤을 즐기고 사랑의 만족을 취한 뒤에 독을 마신다고 합니다. 서두르실 필요가 없는데요. 아직도 시간은 많이 남아 있습니다."

"그게 아닐세, 크리톤."

이어서 소크라테스는 말했다.

"그 사람들은 그렇게 하는 편이 좋다고 생각했기 때문에 그렇게 한 거야. 그 사람들이 취한 행동은 모두 제각기 자기의 근거를 가지고 있는 걸세. 그러나 나는 그들처럼 생각하지 않거든. 좀 늦게 독을 마신댔자 내 눈으로 볼 때는 그것은 자기를 우스꽝스럽게 만드는 데 지나지 않는 거지. 자아, 어서 가서 독을 가져오도록 일러주지 않겠나."

크리톤은 이 말을 듣자 문앞에 서 있는 간수에게 손짓했다. 그러자 간수는 잠시 후 소크라테스에게 독약을 마시게 할 집행인을 데리고 왔다.

"이럴 때 내가 어떻게 해야 하는지 그 방법을 모르는데 좀 가르쳐 주시오."

소크라테스는 침착한 음성으로 집행인에게 말했다.

"이렇게 하시면 됩니다. 우선 이것을 마시고 나서 다리가 묵직해질 때까지 걸어 다니는 겁니다. 다리가 무겁다고 느껴지면 침대에 누우십시오. 그때 독약이 효력을 나타나기 시작하는 겁니다."

집행인은 이렇게 말하며 독이 든 잔을 소크라테스에게 건네주었다. 그는 망설임없이 잔을 받았다. 그리고는 밝은 표정으로 평상시대로의 안색과 눈길로 집행인을 바라보면서 물었다.

"당신은 이렇게 사람에게 독을 마시게 하는 일이 하느님의 뜻에 어긋난다고 생각하십니까?"

집행인 대답했다.

"선생님, 우리는 명령 받은 일만을 수행할 뿐입니다."

"좋습니다. 어쨌든 나는 이 세상에서 저 세상으로 옮겨가는 일이 늦지 않게 이루어지도록 하느님께 기도하지 않으면 안 됩니다. 자아, 이제 모두들 그 기도를 드립시다."

소크라테스는 이렇게 말하고 천천히 독이 들어 있는 잔을 입으로 가

저갔다. 그리고는 두려움이나 주저함이 없이 단숨에 비었다.

그때까지 우리는 울음을 참고 있었지만, 소크라테스가 독을 마시는 광경을 목격하자, 더 이상 참을 수가 없었다. 나는 울지 않으려고 마음 먹었으나 눈물이 저절로 흘러나왔다.

끝내 나는 외투 속에다 머리를 묻고 울었다.

나는 소크라테스의 불행을 슬퍼하여 운 것이 아니라, 이와 같은 스승을 잃는 나 자신의 불행이 더 슬퍼서 울었던 것이다. 나보다도 먼저 견디다 못해 울고 있던 크리톤은 마침내 그 자리를 떠나 버렸다. 한참 동안을 아포로드르는 소리를 내어 울었다.

"여보게, 왜들 이러나?"

소크라테스의 가라앉은 목소리가 들려왔다.

"나는 여자들을 울리고 싶지 않아서 이 곳에 못 오게 했네. 죽음은 장엄한 침묵 가운데 맞아들이지 않으면 안 되는 엄숙한 과정인 걸세. 조용히들 하지. 남자답게."

우리들은 간신히 울음을 참았다. 소크라테스는 얼마동안 잠자코 걸음을 옮기고 있더니. 드디어 다리가 무거워졌다고 하면서 침상으로 가 똑바로 누웠다. 독약을 가져왔던 집행인의 말대로 하였다.

소크라테스는 꼼짝도 않고 누워 있었다. 그가 이따금 소크라테스의 다리를 만져 보았다. 잠시 후에 집행인은 소크라테스의 한쪽 다리를 누르고 감각이 있느냐고 물었다. 그러자 그는 아무런 감각도 없다고 대답했다.

이윽고 집행인은 소크라테스의 다리를 재차 눌러보고 나서, 이미 몸이 싸늘하게 식어 죽음이 찾아왔음을 우리들에게 알렸다.

"심장까지 싸늘해지면 끝이 나는 겁니다."

집행인은 사무적으로 말했다.

냉각현상이 아랫배 부근까지 왔을 때 소크라테스는 갑자기 자기 몸 위에 덮여 있던 천을 제치며 말했다. 이것이 그의 마지막 말이었다.

"크리톤! 아스클레피오스(Asclrpius ; 의학의 신. 소크라테스가 닭 한 마리를 아스클레피오스에게 빚졌다고 한 말에 대해서는 세 가지로 설명하고 있다. 첫째는 의학의 신 아스클레피오스에게 닭 한 마리를 헌납하라고 했다. 둘째는 아스클레피오스는 실제 인물이었다. 셋째는 농담의 가상 인물이라는 것이다)에게 닭 한 마리를 빚졌네. 기억해 두었다가 갚아주는 일을 결코 잊지 말아 주게."

그의 말은 분명히 이러한 방법으로 자기를 이 세상의 생활에서 구원해준 의술의 신에 대한 감사를 뜻하고 있는 것이 분명했다.

"알겠습니다."

크리톤이 힘없이 대답했다.

"더 하실 말씀은 없으십니까?"

소크라테스는 이 물음에는 대답하지 않았다. 조금 있자 소크라테스는 경련을 일으키는 듯 미미하게 몸을 움직였다. 그러나 그의 눈은 움직이지 않았다.

그러자 크리톤은 소크라테스에게 다가가서 그의 눈을 감겨 주었다.

강은 바다로 가는 길을 묻지 않는다

나에게도 외로움이 많은 시절이 있었다.

그때 마산(馬山) 거리 곳곳에서는 함성과 구호로 폭발하고 있었다. 제복을 입은 분노한 학생들과 전투복 차림을 한 굳은 표정의 군경들과의 대치, 그것은 밀물과 썰물의 이상한 단절이었다.

4월의 마른 먼지가 날리는 길모퉁이에서 이 광경을 지켜보고 있던 이십대의 나에게는 정말 이해할 수 없는 낯선 병정놀이 같았다.

그것은 단절된 궁핍한 시대의 표정이었다. 그로부터 내 삶이란 죽음보다 더 어두운 인고의 세월이었는지도 모른다. 빗장 없는 시간에 갇혀 살아온 사람에게는 생활의 풍요라는 견고한 울타리가 있을 리 없다.

넝마 줍듯 주어 불행의 저울에 달아서 팔아버린 눈금 없는 일상들, 채색되지 않은 꿈의 조각들 때문에 그림자처럼 머물러 있던 한 지점에서 방황하는 나를 보았다.

거기에서 내가 비틀거리고 있었다. 난파당하고 있었다. 풍랑의 바다, 끝없이 이어진 비탈길. 그 외롭고 허망한 삶의 길목에서 문호 톨스토이를 만났다.

그는 내 인생의 등불이었다. 그때 나는 작은 책방에서 수제비가 라면이 되는 것처럼 일하면서 그의 작품에 열광했다.

톨스토이의 만남은 사막을 배를 타고 가는 항해와도 같았다. 그의 글이 전해주는 감동은 푸른 하늘 보다 더 밝았다. 내 삶의 빛이 거기에 있었다.

「인생독본」·「인생이란 무엇인가」·「전쟁과 평화」·「안나 까레리나」·「부활」·「참회록」·「기도서」 등 그의 책이 출판되어 서점의 진열대에 꽂힐 때마다 나는 밤을 밝혔다. 나는 그의 신앙인이 되어 있었다.

어느새 내 일기장 같은 낡은 몇 권의 두터운 노트에는 그의 작품에서 가려 뽑은 글과 문장으로 가득 찼다.

'강은 바다로 가는 길을 묻지 않는다.'

이 구절은 나의 인생관이 되어버렸다. 이제 고요히 변함없이 침묵으로 흐르는 강의 마음을 이순(耳順)이 다 되어서 깨닳으며, 그의 글과 문장을 적어 놓는 노트를 펼쳐 정리해서 감히 「톨스토이 인생론」이라고 제(題)하여 보았다. 여기에 「행복한 삶으로의 여행」은 출판사 측의 욕심임을 밝힌다.

원저자의 글을 내 나름대로 뽑아 엮어 한 권의 책으로 세상에 내놓는 것이 죄가 되는 것 같아 용서를 구한다.

이 책이 발간되면 지금도 변함없이 서점 앞 길거리에서 20년이 넘도록 좌판을 펼쳐 놓고 오뚝이처럼 앉아 있는 장씨, 얼마 전까지만 해도 지하도에서 화려하게 명품 옷가게를 운영하다가 부도를 내고 수감 중인 나비사장, 길 건너에서 문방구를 평생 직업으로 하루도 빠짐없이 문을 여는 학교 선배 정형, 지난 어려웠든 시절 무작정 객지로 떠나와 지리산 정상 바위 틈에 뿌리를 내리고 차디찬 북풍과 비바람을 맞으며 생명을 지키고 있는 소나무의 모습처럼 굳건히 살아가고 있는 나를 알고 있는 모든 선후배님들, 그리고 인생의 울타리가 되어준 친구 재도, 성춘, 광렬, 두식, 천덕, 영권 등 모두에게 이 책을 전해주고 싶다.

2015년 2월에
엮은이 씀

톨스토이 인생론

행복한 삶으로의 여행

2015년 3월 20일 초판인쇄
2015년 3월 25일 초판발행

지은이 | 래프 톨스토이
엮은이 | 이강래
펴낸이 | 홍철부
펴낸곳 | 문지사
등록일 | 1978.8.22(제 3-50호)
서울특별시 은평구 갈현로 312
영업부 | 02)386-8451
편집부 | 02)386-8452
팩 스 | 02)386-8453

값 15,000원